中国书籍文学馆·散文苑

那时 那地 那情景

王厚成 著

中国书籍出版社
China Book Press

图书在版编目（CIP）数据

那时　那地　那情景/王厚成著.—北京：中国书籍出版社，2017.7
ISBN 978-7-5068-6285-1

Ⅰ.①那… Ⅱ.①王… Ⅲ.①散文集—中国—当代
Ⅳ.①I267

中国版本图书馆CIP数据核字（2017）第162930号

那时　那地　那情景

王厚成　著

图书策划	牛　超　崔付建
责任编辑	张　娟　成晓春
责任印制	孙马飞　马　芝
出版发行	中国书籍出版社
地　　址	北京市丰台区三路居路97号（邮编：100073）
电　　话	（010）52257143（总编室）（010）52257140（发行部）
电子邮箱	eo@chinabp.com.cn
经　　销	全国新华书店
印　　刷	三河市华东印刷有限公司
开　　本	650毫米×940毫米　1/16
字　　数	350千字
印　　张	19
版　　次	2017年9月第1版　2017年9月第1次印刷
书　　号	ISBN 978-7-5068-6285-1
定　　价	46.00元

版权所有　翻印必究

序

李敬泽

"中国书籍文学馆",这听上去像一个场所,在我的想象中,这个场所向所有爱书、爱文学的人开放,不管是白天还是夜晚,人们都可以在这里无所顾忌地读书——"文革"时有一论断叫做"读书无用论",说的是,上学读书皆于人生无益,有那工夫不如做工种地闹革命,这当然是坑死人的谬论。但说到读文学书,我也是主张"读书无用"的,读一本小说、一本诗,肯定是无法经世致用,若先存了一个要有用的心思,那不如不读,免得耽误了自己工夫,还把人家好好的小说、诗给读歪了。怀无用之心,方能读出文学之真趣,文学并不应许任何可以落实的利益,它所能予人的,不过是此心的宽敞、丰富。

实则,"中国书籍文学馆"并非一个场所,它是一套中国当代文学、当代小说的大型丛书。按照规划,这套丛书将主要收录当代名家和一批不那么著名，但颇具实力的作家的长篇小说、中短篇小说集和散文集等。"中国书籍文学馆"收入这批名家和实力作家的作品，就好比一座厅堂架起四梁八柱，这套丛书因此有了规模气象。

现在要说的是"中国书籍文学馆"这批实力派作家，这些人我大多熟悉，有的还是多年朋友。从前他们是各不相干的人，现在，"中国书籍文学馆"把他们放在一起，看到这个名单我忽然觉得，放在一起是有道理的，而且这道理中也显出了编者的眼光和见识。

当代文学，特别是纯文学的传播生态，大抵集中在两端：一端是赫赫有名的名家，十几人而已；另一端则是"新锐"青年。评论界和媒体对这两端都有热情，很舍得言辞和篇幅。而两端之间就颇为寂寞，一批作家不青年了，离庞然大物也还有距离，他们写了很多年，还在继续写下去，处在最难将息的文学中年，他们未能充分地进入公众视野。

但此中确有高手。如果一个作家在青年时期未能引起注意，那么原因大抵有这么几条：

一、他确实没有才华。

二、他的才华需要较长时间凝聚成形，他真正重要的作品尚待写出。

三、他的才华还没有被充分领会。

四、他的运气不佳，或者，由于种种原因，他的写作生涯不够专注不够持续，以至于我们未能看见他、记住他。

也许还能列出几条，仅就这几条而言，除了第一条令人无话可说之外，其他三条都使我们有足够的理由对这些作家深怀期待。实际上，中国当代文学的丰富性、可能性和创造契机，相当程度上就沉着地蕴藏在这些作家的笔下。

这里的每一位作者都是值得关注、值得期待的。"中国书籍文学馆"收录展示这样一批作家，正体现了这套丛书的特色——它可能真的构成一个场所，在这个场所中，我们不仅鉴赏当代文学中那些最为引人注目的成果，而且，我们还怀着发现的惊喜，去寻访当代文学中那相对安静的区域，那里或许是曲径幽处，或许是别有洞天，或许是，众里寻他千百度，蓦然回首，那人却在，灯火阑珊处……

小　引

　　有人说，作者对待自己的文章就像对待自己的孩子。可是，除了校对和查阅资料，我很少翻看自己写过的文字。不是不爱惜，而是觉得那娃子似乎并非自己想象得那般可爱：脏着蟹壳小脸，淌着清水鼻涕，穿着抓饭吃的衣服，跋着倒了帮的鞋子……如果文字真是孩子，我的文字这个样子，也不能怪他，只能怪他的父亲或者母亲。

　　可是，孩子偶尔发出古怪的、痛苦的、开心的抑或是天真的声音，让你不得不回头去看他一眼。而一眼看过去，感慨便不由自主地在心里摇晃，不是"我咋生出你这么个小东西"，而是"那时，那地，那情景"。

　　第一次听到这句话，距今已有二十余年了。当时我二十多岁。话是一位老哥说的，老哥是个不小的干部。

　　那是一个深秋的夜晚，天上下着冰冷的细雨，海风吹得宿舍的钢窗吱吱怪叫，窗外的老杨树成了一弯一直的巨大黑影，空气里弥漫着浓重的海的味道。老哥穿着米色夹克，我当时喜欢穿一件白色的小风衣。

如今老哥已经从大学校长的岗位上光荣退休了，他说的几种错误一个也没犯，但是他的这番话还时常在弟兄们之间谈起。

"那时，那地，那情景"是一个内涵太丰富的概括。历史、政治、经济、哲学、美学、科学、艺术……还有情感，哪一样不在那时、那地、那情景中发生、传播、沉淀？任何事物，离开具体的时间、地点、情境都是不可解释的，即便勉强解释了，也与真相去甚远。

当我翻检多年前留下的文字，再次想弄清表达到底是个什么东西的时候，老哥的话便在我的脑海里萦绕不散。——我都写过些什么呢？我为什么要写这些东西呢？我是怎么借助这些文字探索生活的呢？其实老哥早就说过了，"那时，那地，那情景"。所谓表达，不过是借着记忆里的人、物、事来解释现实的生活，预测未来的可能，告诉自己应该怎么办，甚或也能给别人一点意会、一点情趣，如此而已。

从此不再跟自己争论生活是什么和为什么，只要用心体验、书写下去，总有一天留下的文字会告诉我：因为你的生活是这样，所以是这样，也只能是这样。

好多年不见老哥了，不知他是否还记得自己说过的话，是否还记得那时，那地，那情景……

2015.10.5 于向若轩

目录

那 时

·春风鸟语·

春　意 / 004

风吹早春 / 007

春雨如丝 / 009

早行蝶 / 011

山　野 / 013

鸟　鸣 / 016

始觉春空 / 018

一场落日 / 021

·夏雨繁花·

夏　雨 / 024

初夏花如斯 / 027

合欢花开 / 030
紫色的小花 / 033
粉蓝牵牛 / 036
杨花落尽 / 039
四月的乡村 / 041
啊，太阳 / 044

· 秋霜落叶 ·

秋　意 / 048
突然的落叶 / 051
秋　花 / 053
那些秋虫 / 055
秋丝秋缕 / 057
秋风里的父亲 / 060
拾穗者 / 063
秋的尾声 / 066

· 冬雪轻烟 ·

初冬的阳光 / 070
树到冬日 / 072
冬天的翅膀 / 075
冬雨和黄叶 / 077

等雪的日子 / 080
如果有一场雪 / 083
残　雪 / 085
冬至轻烟 / 088

那　地

· 在海一方 ·

海　潮 / 094
赶海去 / 097
红滩涂 / 099
云，抑或雾 / 101
无根的云 / 103
孩子们的大海 / 106
在海中央 / 109
生活拾贝 / 112

· 黑土幽香 ·

黑土地的味道 / 118
奔跑的原野 / 121
遥远的河 / 125
黑木耳 / 127

那片白桦林 / 129
车轱辘菜 / 132
老马的泪水 / 135
东北话 / 138

·凤凰花开·

又是凤凰花开时 / 142
气　根 / 145
工夫茶 / 148
酱油拌饭 / 151
第一朵木棉花 / 154
土楼愿 / 157
养　壶 / 160
作别厦门 / 163

·远足回声·

花街今昔 / 166
同里退思 / 169
咸　亨 / 173
海南的椰树 / 176
永远的山水 / 179
幺妹子 / 182

迷失在草原 / 186

那情景

· 亲情在握 ·

夏日落叶 / 192
无可托付 / 194
母亲的油灯 / 197
谎　花 / 200
开给父亲的花 / 203
背　影 / 206
琐事叮当 / 209
米 / 213

· 友情如歌 ·

站在地球的边缘 / 218
喝酒的三个理由 / 221
窗　口 / 224
烟香缕缕 / 228
一路桐叶 / 231
茶的味道 / 234

咖　啡 / 237
老歌儿 / 240

·爱情花语·

筑一个巢等你 / 244
寻找一个额头 / 247
不能随便说的那句话 / 250
乡村爱情语言 / 253
当爱情变成了亲情 / 257

·世情掠影·

温暖的石头 / 262
轻轻屈膝的涵养 / 267
轿车里的面饼香 / 269
唢呐声声 / 272
小　脚 / 275
让人心软的"吃" / 278
小鸟飞去 / 281
离去的背影 / 283

那 时

·春风鸟语·

你说,要给我讲一个故事
关于爱
我托腮倾听

我爱你……
你开始讲了
真的吗?我问
死一边去!你嗔斥

月亮红了
红成满天朝霞
轻纱一样飘荡在蓝色的海上

那年罂粟花盛开的季节
一个爱的故事,这样开了头

春　意

　　早上起来，不急着上班，站在窗口探寻今天的天气。

　　到底是立过春了，空气看上去都觉得暖和。太阳还没有升起来，但是它的光芒已经在早晨的天空铺展开来。蔚蓝的天空有几缕薄云，已经被染成了橘红色。可能有几架飞机刚从天上飞过不久，留下两三道白线，已经弥散了，边缘也被晨晖染成稍浅一些的粉红。很早的时候就听说有飞机飞过肯定是好天气，不过现在可能未必了，飞机在不太好的天气条件下也可以起飞。"朝霞不出门，晚霞行千里"，孩子一边吃早餐一边念叨他从常识课上学来的谚语。这也是老皇历了，现在的天气也很难说得准。

　　果然一天都是好天气，如果不从空气里斜着看，只看自己的头顶，天空一直很蓝。

　　走在室外，虽然小风还是有点刮鼻子，但阳光很好，所以很有信心。后面可能还会有很冷的天气，但不管怎么说也是春天了，冷也只是暂时的。抬头往路边的树上看，悬铃木依然沉默着，遒劲的枝条毫不客气地指向天空，仿佛大地伸出的手臂在据理力争，亦如老农的手臂。香樟依然是经冬的旧叶，但在太阳下闪着亮亮的光，似乎对当前的处境还算满意。树上落了很多黑色的鸟儿，有的在啄食黑色的小果实，有的在对着远方鸣叫，有的静静地站在那里。鸟儿有点像八哥，究竟叫什么名字，问了好几个人都说不认识，说以前没见过这种鸟儿。看来近年的封山的确有些效果，生态在慢慢恢复吸引力。天空有了鸟儿就显得特别生动，好像一个曾经没落的人家又有亲戚来走动，有点不甚踏实的激动。

山依然穿着青一块黄一块的旧衫，在阳光下线条愈加鲜明，有点像站在蓝色大幕前不知所措的穷小子。不过是个爱干净的穷小子，衣服用阳光洗得很清爽。干净就好，旧一点没关系，总比华丽却污渍斑斑让人喜爱。况且用不了多久，春风就要来了，像外出打工回家的父母给孩子带回漂亮新衣。这是牢靠可待的。

傍晚从窗口向远处眺望，地面以上有些雾蒙蒙的，不过天空有美丽的晚霞，因为没有云，显得有点潦草，只在遥远的天边拉出一道暗红色的条幅。如果有足够大的笔，可以挥毫一行草书，"一片烟霞是故人"。这样的天气真是有些久违了，望着参差的树梢在晚霞和夕阳里轻轻摇晃，梦一般地想起夕阳下的一片苇塘，那是童年留下的记忆，母亲牵着我往家走，夕阳在肩。有点陈旧，却并不缺损。

晚饭后，一家人跑到超市去买明天的早餐，明天上午孩子和他妈妈要飞到台湾去旅游。从超市出来，都说：到底是春天了，风吹到脸上有点柔和。抬起头，有很多星星。冬天即使天空晴朗，星星也是明亮但稀少的。没有带着孩子数星星，那是我小时候父母经常做的事，什么"三星偎晚出，小孩冻得哭；三星偎晚晌，小麦腾腾长；三星偎晚落，睡觉不盖脚"，现在孩子对这些东西没兴趣，整个晚上就听他在那儿叨叨什么"老子明天不上班，我想咋懒我就咋懒"。

看着孩子兴奋的样子,我突然觉得自己一天为好天气而喜悦也挺幼稚的,或者,确切地说有点"春江水暖鸭先知"的魔道。也许我期盼的未必是春天,只是一种变化吧。

风吹早春

　　早春的风吹过来，明显和冬天不一样了，也还是冷，但不透骨，一阵阵风的尾巴还真像淘气的小猫悄悄从枕头边蹭过去，弄得脸上有些痒。真的有些痒，痒是没想到的轻柔引起的生理和心理反应。——又是春天啦！一缕一缕的风，从南方吹来，一路跋涉，它们经过的地方就绿了，南海边的椰子林，琴岛街头的老榕树，西湖映照的垂柳，比冬天绿得滋润，绿得开朗。本地山坡上的野杜鹃和北国白雪初融的白桦梢还要等上一段时间，要等春风再浓一些。这样从南到北一路走来，风里就多了一个地方和另一个地方的思绪、期盼，还有味道。

　　抬头看看熬过了一冬的树，在料峭的风里轻轻摇晃。它们也能感受到早春的温度吗？那种感觉，和风吹到人的脸上一样吗？秀气的香樟叶冻了整整一个冬天，一定最先感受到来自家乡的气息，片片闪着亮光，宛如见到亲人时的目光。刚硬的梧桐树枝条苍劲，似乎还能把持得住北方汉子的性格，沉静地把丝丝阳光吸进身体里，让人仿佛听见它皮肤下轻轻流淌的生命。——春风里，人和树感受到的终究是不一样的，树感受到成长，而人感受到的是温暖。

还是初春，清晨的风吹在脸上依然挺锋利，中午是亮堂堂的温暖，傍晚则带着夕阳的微醺。一切都在酝酿之中，嫩芽、红花、天空的燕子和地上的蚂蚁，它们远远地看着早春的风吹过，警觉地捕捉每一点信息——关于生命的节律。这只是我的推想，或许有些花喜爱热烈地开放，而有的草喜欢静静地守望呢，或许有的生命喜欢欢快地飞翔，而有的生命喜欢幽幽地蛰伏呢……如此丰盈的世界，没有人能够把所有想法都统一到某一个思路上来，不管你是谁，春风也做不到。

从空间上讲，树是持久的，不论脚下是平坦还是险峭、是肥沃还是贫瘠，它们都喜欢用一生来守候；从时间上讲，人似乎更恒定，不论季节如何变化，四季都在为生活奔走，不论太阳如何行走，人总要走在自己应该走和必须走的路上。而不论什么形态的生命，都渴望找到一种值得坚持的信念。这有点难，所以要不断变换自己以与环境适应，只为那点不变的念头。"春风又绿江南岸，明月何时照我还"，走了想回，回了又得走，有得意，有落寞，更有烟岚散尽后空旷的茫然。——心绪何尝不是一场场春风或者秋雨呢。

四季是可以信赖的，我们跟它走吧。我，常绿的香樟，还有四季变化的梧桐。

春雨如丝

又是一场绵绵春雨，没错，是绵绵的，细得像浓雾，像轻纱，像母亲蒸馍的锅，像一个似睡非睡似醒非醒的梦。能够细到如此的雨，也只有春雨了。

上一场春雨从人家门前飘过，顺手把门上春联的颜色抹了一把，经过后面的山坡，就把山坡染红了。这一场春雨又来，我很担心它把山坡上的花色又抹走，谁知它又从哪里捎了绿色来，在窗外的老杨树枯瘦的枝条上左一笔右一笔，竟画出一串串嫩黄浅绿的叶儿。枝丫里的鹊巢做得有些草率，挡得住明亮的阳光，却挡不住细如情绪的雨丝。一对年轻的喜鹊站在枝头，面面相觑。

这样的春雨让人有点无所适从——打伞有点矫情，不打伞又无法招架满天满地的潮湿。大街上的行人缩头弓背地东奔西走、南来北往，在这愈演愈烈的春天里，唯恐自己成了搁浅在无所事事里的鱼。汽车行动变得异常迟缓，声音闷闷的，像夏季雨天里的蜗牛，一串一串地在芦苇秆上黏糊糊地爬。这让我很奇怪，这样的细雨也能影响车子的速度？或许，慢慢走是为了欣赏细细的春雨？观看细雨里的花草？体悟细雨的润泽与细腻？不知道，反正我是这样想的。欣赏或者气恼，肯定跟天气有些关系，但最终还是由人的心态决定的。

　　下雨了，天黑得快，下细雨尤其暗得早。路灯和人家的窗口早早就亮了，灯似乎变大了。路灯和它们的光都朦朦胧胧的，像一支支巨大的棉花糖插在春天的记忆里。可是夜并不为此笑口常开，反而笑眯了眼睛。

　　能够感受天地合一是夜的恩赐。想象着白胡子盘古搂着那把巨斧酣睡，而斧头正在细雨中一点一点地生锈，或者斧柄正在细雨中悄悄地发芽，那该是多么有趣的情景啊。而天地，在盘古沉睡的夜里借着绵绵细雨，了却一番遥遥相对的苦思。

　　侧耳谛听，是雨，总该有点雨声吧。哗哗哗是夏雨的嬉笑，沙沙沙是秋雨的脚步，嗦嗦嗦是冬雨的呢喃，那么，春雨呢？我侧耳，再侧耳，什么声息也没有。莫非春雨也睡着了？轻轻推开窗，把手伸进黑夜，哦，湿漉漉的，满把春雨，是用夜色新沐的发丝，带着年轻母亲般的芳香。——春天的细雨是静的，在夜的深处，悄无声息……唉，多像我的心情啊。

早行蝶

窗外刮起了很大的风，吹落满地月光，一片银色。似乎世界上所有的罅隙都在发出声响，呜呜呜，吱吱吱，嗖嗖嗖。开窗试了一下，风并不是很冷，只是气势惊人，仿佛要把刚刚收拾好行囊的冬季抓回来，让春天用温暖来拷问一番：如此寒冷，居心何在！

连续几天的西南风，许多小飞虫已经在空气里浮动了。还没到惊蛰呢，有点心急了吧？想起我们小时候在东北，半年的棉衣棉裤穿得实在太累，刚刚听到屋檐下化雪的滴答声，就偷偷换上春天的衣裳溜出去撒欢儿，惹得妈妈担心。什么叫少不更事啊？就是不知道躲在季节的背后走，就是不相信"焐春晾秋"，就是不知道自己的莽撞会给父母或者其他人带来多少担心和麻烦。

前天中午，太阳暖暖地照下来，竟然看见一只蝴蝶讪讪地贴着枯草飞，就是橘黄色带有黑点那种。我就感到有些诧异，它应该是一只成蝶，如何躲过这个漫长的冬天已经让人不解，这么早飞出来又是为哪般呢？作为一只蝴蝶，更应该懂得大自然的规律，做出飞出去的决定，莫非忘了庄周曾经和它同在一个梦里？

再老成的人或物，也难免有判断失误的时候。心理学上讲，人的情绪是经常驾驭理智的，动物可能也会跟人一样。一只蝶躲在某个角落瑟瑟地熬着，想是寂寞得不行了，于是趁着一阵好阳光，放飞自己。难道有什么不好理解的么？

可是，现在刮起了大风，就不能不让人担心了——耐寒，它似乎没什么问题，而抗风可能就没那么幸运了，它会被看不见的空气撕碎的。如果它能够侥幸躲到某个避风的角落，听到风声是不是会有些后怕？下次太阳再好的时候，它还敢决然地起飞吗？

如果它被这场大风撕碎，我会感到十分惋惜，更为一只早行的蝴蝶而表达自己的敬意。如果它能躲过这场大风，那是一种幸运，不论怎么说，它毕竟是一个勇敢的生命。可是，如果它从此不敢起飞呢？

外出开会，偶尔从车窗瞭一眼外面的风景，依然是一片枯寂。白杨、榆树、银杏、刺槐、樱花都还灰黑着枝条等待它们觉得靠得住的春风。是啊，春天还在路上呢，一场场倒春寒还会不断地阻挡春天的脚步。想想也挺有意思，一个新的季节到来，竟然也是一波三折呢。不过在几条小河边，细细的柳丝已经挣脱了冬天的束缚，显出浅黄微绿的颜色。不论是动物还是植物总会有些性急的品种，它们宁愿承受残冬的余威，毅然充当春天的信使。而且，年年如此，渐渐成了自己的习惯和品性。

山 野

除了开会，似乎很久没有参加什么集体活动了，还以为所有人都坚壁清野了呢。

很高兴能参加一次到山野去的踏青活动。老老少少几十口人驱车两个小时钻进一个偏僻的山野，和树们在一起，和草们在一起，和发电风车们在一起，而和闹市隔绝，和网络隔绝，和装模作样隔绝。

其实，那里已经不再是真正的荒野，人的开发正在让那种"野"的韵味消失。好在目前只是添置了吃住的地方，其余一切还保持着原来的样子，树林里有鸟儿的叫声，池塘里有蛙的叫声，到处都长满了小时候挖过的野菜。我像一个背着手的老农，把自己知道的关于山野的故事一点一点地告诉孩子：这是七七芽，用开水烫好可以吃的；这是苦菜，以前奶奶也用它做过豆渣菜，不过去苦汁儿很麻烦，要一遍一遍地揉搓；很早以前我来过这里做方言调查，全是泥墙草屋，现在看不见了……孩子有一搭没一搭地听着，眼前的一切似乎离他很遥远，他的根不在山野。

同去的所有人，根都不在山野，来这里只是像随手打开窗户，让外面新鲜的空气进来一点。你看那些行头就知道了。吃的、喝的、用的无所不具，似乎进山就是去受罪一样，唯恐那里正闹饥荒。光是烧烤架就带了三四架，可是支起来却不知该如何摆弄。——街边不是到处都有烧烤吗？在城里不是经常吃烧烤的吗？怎么就没看会一点呢。还好，我虽然不喜欢吃烧烤，却认真观察过，还能模仿出点样子，不至于让孩子们饿着。就是这点花架子，已经让他们赞不绝口了，一边嚼着羊肉串、骨肉相连、蘑菇、韭菜、馒头，一边评论几个"烧烤师"。心里有点得意，累点也开心。

　　没有人知道，看什么就想学会什么正是山野教给我的习性。你想啊，在乡村生活中什么不是要自己动手？以前打坯盖房、锯木造车都是山野里的人自己必须做的事，家里缺个小筐、扫帚、小板凳什么的，自己动手做一个吧。现在车子、灯甚至收音机、电视机坏了，一时到哪儿找人修？自己瞎捣鼓呗。渐渐地，这些行为便成了思维习惯。

　　"自给自足"曾经一度被视为小农经济封闭与保守的特点。不过有人说："保守，是为既存文明做辩护的。不必说这些保守制度为传承文明所做出的贡献，即使是有百非而无一是的罪犯，一个文明社会不也得给他辩解的机会吗？"小农经济并无过错，无须辩护，而且我总觉得，人类总有一天会反思今天的行为，甚至可能已经有人开始怀念过去稳定的人情世态了。

　　"山野之人"曾经是一些人自谦的说法，但是骨子里是不是还藏着一点自得，语气中还透着点莫名其妙的傲气呢？

　　带着孩子到松树林里散步，他很不愿意做这种枯燥的运动。看到一辆废弃的卡车，立即爬上去摆弄起来，快乐无比。看来我是没有办法让他真正走进山野了。也罢，一切都勉强不得，顺其自然是山野的本性，没有必要一定要改变什么。

回来的路上,看到山门上有一句广告词,"您来过,就不可能再走出去",说得挺好,但是谁能说清男女老少几十人中真正来过的有几人呢?

鸟 鸣

天是真的暖了,而且一日暖似一日。绵绵的风吹得新叶轻翻,柳絮飘飞,而花却一阵风一阵风地稀了,像一群说着笑着的娃娃,渐渐远去,只留下一缕若有若无的余音和渐渐朦胧的背影。

说真的,花真的落了,人心里反而踏实了,不用时刻为它们揪着,不知啥时花色衰减,然后被风吹落。

小鸟或许也能感受到我此时的心绪,傍晚时分,聚集在绿叶残花间轻唱。叶子已经浓得看不见鸟儿的身影,只能凭它们叫声的轻重缓急去推测鸟儿的心情,只能凭它们的口音去判断它们来自南方或者北国。当然是说笑了,我哪里能懂鸟语鸟音呢。

甚至,我以为,鸟儿也未必能懂彼此的语言。

一阵啾啾的对话传来,我想它们或许就是来自我家乡那种叫柳叶儿的小鸟吧,声音听着耳熟。它们喜欢在盛开的桃花下轻盈地飞来飞去,豆绿色的小个头儿真像一片嫩绿的柳叶儿,从这一树粉红到那一树粉红仿佛只是一个悠然的滑动。它们的声音很细却很亮,一如桃花般鲜艳。

接着几声响亮的呼喊，声音很侉。猜想，这是本地的山喜鹊呢，还是来自北方的蓝大胆儿？应该是山喜鹊吧，个头儿挺大，长长的尾巴，灰色的身子，头和尾是闪亮的黑色。这帮家伙叫的时候一耸一耸的，飞的时候一乍一乍的，三五只一群，彼此话不多，但声很高，却不够圆润，嘎嘎嘎，像在呵斥别人。它们是在呵斥柳叶儿们聒噪吗？还是在批评哪个同伴又生事端？我是无从判断的，不知柳叶儿们是否听得懂。许是懂的，那细细的鸣叫突然静了一下，然后又啾啾啾吵成一团。

应该还有别的鸟鸣夹杂其中吧，我已经无法辨别了。我觉得那一片樱花树丛颇似一座繁华的城市，卖竹笛的和卖烧饼的不知为什么发生了争执。遇上这种情况，南来北往的人谁不掺和几句？冷眼旁观的人谁不嘀咕几声？所以一片不算大的树丛就热闹非凡了，似乎要把满天晚霞都扯碎一样。我很怀疑，它们真的能听得懂彼此的话语吗？就像那卖竹笛的能搞清卖烧饼的在想什么、说什么吗？好多争论并不是双方观点有什么本质对立，而是没弄清对方的观点，于是各执一词地争吵，最后在乎的已不是观点，而是对方的态度、表情，甚至长相、口音和衣着。

这样想着，心里有点想笑：多好的春天啊，而且是一个美丽的傍晚，就这样荒废掉了。

一阵风吹过，残余的花瓣儿零零落落地飘下来，树丛里突然安静了。几声蛙鸣怪模怪样地从远处传来，小鸟们听得懂吗？我是听不懂。或许我和鸟儿和蛙终究谁也没有听懂谁，一切不过是一场真实的相遇和虚妄的猜测。事实是，大家都在享受这个春天的傍晚。

始觉春空

时序已然谷雨了,就是说还有半个月,今年的春天就过去了。这让人很有些不甘,因为,还没有真正走过春天的感觉呢。什么样才算真正走过春天?说不好。说不好的事儿,便只有回忆或者读书,在那些逝去的春天里,去寻找春天的样子,或者,春天的感觉吧。

欧阳修的《采桑子》说:

群芳过后西湖好,狼藉残红,飞絮濛濛。垂柳阑干尽日风。

笙歌散尽游人去,始觉春空。垂下帘栊,双燕归来细雨中。

昨天一天细雨寒风,躲在家里没敢出去。——这是一个越来越明显的感受。以前越是不能去的地方,越是不适宜外出的天气,越是待不住,可现在不一样了,躲避成了最佳选择:这个人不好接触吗?算了吧,人这一辈子哪能和谁都有缘分。这件事儿不好处理吗？放着吧，或许过几天就好处理了。人和事可以躲，可天气能躲吗？季节能躲吗？站在窗口，看着潇潇细雨，听着吱吱风声，直到掌心茶冷。四月天，诗情画意的季节，咋这样呢？

风和云，一夜不知咋商量的，早上竟然晴得透蓝。风依然凉凉的，那些粉红的樱花、桃花纷纷扬扬地飘。一位清洁工忙不迭地去扫，不知是怕车辆辗了依然鲜润的花瓣，还是怕满地落花惊了行人的脚步。哪里能扫得去啊，那绽放后的倦意。

谷雨是春季最后一个节气，据说从此寒潮就不再来了，还说从此小燕子就要回来了。这是一件令人欣喜的事情，天空已经空得太久了。也有一些小鸟从天空划过，但是都是匆匆的、慌慌的，没有小燕子那种舒展、那种从容、那种优雅。许是古代"天命玄鸟，降而生商"的传说已经融入血液，小时候对燕子的喜爱是以禁忌的方式植入的，说是抓小燕子要长秃头。小燕子成双成对地住进人家，喜兴呢。在文学上，有很多有意思的现象，小燕子飞来总是成双的，让人觉得自己孤单，而大雁飞去又总是落单的，还是让人觉得孤单。总是孤单，似乎已成了人的通病。

对着濛濛细雨，有一那么一刻想起戴望舒的《雨巷》：

　　撑着油纸伞，独自
　　彷徨在悠长、悠长
　　又寂寥的雨巷
　　我希望逢着
　　一个丁香一样的
　　结着愁怨的姑娘

那应该是一个再温暖些的季节，南方的初夏似乎更合适些，但暮春也很好。丁香已经开了，纯白的，馨香的，却也是寂寥的。从字面上看，那条雨巷很丰富——我、油纸伞、姑娘、颜色、芬芳和惆怅。而这一切似乎都是想象，那是一条空寂的巷子，只有我、油纸伞和细雨。没有那个幻想着、思念着的人在身边陪伴或者从身边走过，这条小巷也显得空寂，这场细雨也显得空濛，这个美丽的季节也显得空洞。

我们走在色彩斑斓的春天里，花香鸟语、山光水色，常常却觉得一切都不是为了自己，而自己也不是为着它们——那不是我的春天。可我的春天在哪里呢？茫然四顾，桃花已淡，榆钱飘飞，柳絮无心。远远的一朵风筝翩翩的，让人歆羡，不是它颜色好，不是它飞得好，也不是它牵着的人多么有心情，而是那根别人看不见的线。那根线限制着风筝的高度，却也成就了风筝的高度，让它能够踏踏实实地在春风里翱翔。如果没有那根线呢？

朋友阡陌有一首小诗：

　　白鹭在禁止下水的牌子前驻足
　　又飞走了。我也来到这个地方
　　我来到这个地方怎样呢？小诗不说了。

不说就不说吧，我已经不想在细雨微风中纠缠。我渴望一片辽阔的原野，哪怕只有漫天荒草、只有沉默的杂树、只有漫无边际的阳光，能够肆无忌惮地大喊一声也好：天蓝蓝，长风长……像犁田人的牛歌，像东北人的喊山，像蒙古人的长调。心里淤积了太多的东西，需要用一声吼叫来清空，然后重新布置些花草树木、飞鸟游鱼、蓝天白云。谷雨了，准备迎接即将到来的夏。

一场落日

无意中，看到了今年春天的一场落日。说无意，是有原因的——除了旅游、写诗或者喝醉酒，谁没事儿会盯着落日看呢。太阳天天傍晚要落，有啥新鲜？人每天要从那条小街走过，一切也都熟悉。我们习惯于欣赏那些陌生的风景，而把熟悉的一切当作用以挑剔的环境。难不成，今天的落日是熟悉的太阳从熟悉的小街尽头落出了风景的样子？

是。蓝天下，夕阳像一个烧红的巨大铁球一头栽向蔚蓝的大海，溅起满天霞光，先是一垄一垄的，再是一条一条的，然后是一缕一缕的，最后就成了碎片和碎屑；亮红，深红，橘红，粉红，由西向东铺展开来。还从来没看过如此壮观的晚霞呢——也许这个场景出现过，在漫长的岁月里甚至可能经常出现，只是我没有注意。世界上、生活中不是有许许多多美妙的时刻、美好的事物，从我们身边悄悄地来又悄悄地走吗？当然，满天晚霞不能换成美丽的衣衫，也不能采做孩子手里香甜的棉花糖，可是生活除了获得，还有体验，那些不能吃不能穿甚至对实际生活毫无意义的一切，就是让我们去体验的，它们会领着我们站在生活之外回望生活。

现在那个火球温度下降了，光焰一点一点暗下来，收缩回去，天边成了铁青色，有点严肃。刚才看到的霞光渐渐恢复了云彩的形态，这一堆是灰色的，那一片是白色的，还有丝丝缕缕半透明的。可是，就在这些云彩恢复原形的时候，依然有些云片保持着霞的色彩，与那些恢复原形的云交错着、呼应着、重叠着。我知道这是视觉的误差，它们在横向上可能很接近，但高度上一定相差很大，所以低处的已经走出夕阳的光环，而高处的还在落日的照耀之下。

只顾看天了，忘了看身边的花草树木、山岭房屋、行人车辆，它们在这场落日中又是什么样子？每天行走在人群中，却很少去看擦肩而过的人的衣着、动作、表情，只是谦和地避让着，然后淡漠地走开。这就是我们啊，天天熙熙攘攘，却无法释怀心里的孤独。或许是寂寞得太久了，于是找一些借口来相聚，生日、结婚、生子、节日、甚至亲友去世，大家聚在一起，寒暄，喝酒，热热闹闹，借着几滴酒精放开胸胆，说几句互相取暖的话。宴会结束，人走灯暗，各自又沉入茫茫夜色，沉入寂寂的自我世界。

落日已经完全沉入地平线，只有天地交会处还有一抹暗红，而暮色似乎正是从那抹暗红里滋长出来，轻烟一样，丝丝缕缕地浮起来，越来越浓，越来越浓，天与地像困极的人的眼睑。好多文章里说"拉下了夜幕"，这是不对的，夜幕是由下往上的，地面已经辨不清眉眼，而天空还浮着一层玉色的亮纱。我久久凝视西天的那个台口，想，太阳就在那条线的背后热烈着，而我的一天却在线的这边慢慢地冷却……

路灯亮了，车灯亮了，窗口亮了，人们各自在自己的夜里挖出一个小小的孔，试图看清落日以后的世界的样子。

·夏雨繁花·

西邻的栀子花开了
芳香穿过我家的纱窗
送来一缕缕洁白的问候：
清风、梅雨和一群红蜻蜓

东邻的葫芦花开了
一只蜜蜂从我家的花朵里
衔走一粒嫩黄的花粉
我隔着篱笆喊：大哥，秋天
你得分我一只小葫芦

夏　雨

　　外面的雷还在夜空里毫无规则地滚动着。是啊，下了雷雨了，从下午开始，断断续续地下，晚上雷声从远处滚过来，就一直轰隆隆地响。

　　夏季，下场雷雨太正常了，本不应大惊小怪。可是这场雨盼得太久了，似乎真正入夏以来就没下过雨，今年是不是第一次听到雷声？记不得了，实在是太遥远了。几乎所有的山涧都断流了，听说好多井也亮出了坦诚的底牌。人或许还不至于口渴，只是心焦；可是走在大街小巷，似乎能够听到花草树木嘶哑的呻吟：渴啊……

　　终于下雨了。也许大地还没有完全解渴，可是人的心里已经滋润了，柔和了。

　　傍晚，孩子妈妈开车去接放学的孩子，打电话给我，问要不要顺便接我，我说不要；孩子上车以后也打电话给我，说下雨了，还是去接你吧，别淋湿了，我说不用。也许他们没有真正体验过干旱的滋味，那要到乡村去，得有自己的田地和庄稼，在骄阳似火的中午蹲在田边听那些小苗蔫蔫的声音。

前两天中午，我们边吃饭边聊起南方过多的雨水和我们这里的干旱，孩子离开餐桌，趴到地上，对着窗外磕起头来，还念念有词，从玉皇大帝到上帝耶稣又到佛祖菩萨，挨个儿求过去，说：下点雨吧，阿门！我和他妈妈都被逗乐了，知道他又在恶作剧，其实他根本不懂什么是干旱。

我想在雨地里走走，哪怕淋湿也没关系。

下班了，雨小多了，骑车不慌不忙地走，时不时有一个很大的雨点落在身上，那种清凉让人忍不住打个激灵。一个，两个，三个……雨点不停地落在身上，心里却坦然了。路面上的灰尘被冲刷到低洼的路边，黑乎乎的，像刚刚有人洗过毛笔，水面上是一层白色的泡沫。我故意让车子从水坑里冲过去，希望能够撞击出更多的白沫——虽然雨水被地上的灰尘染脏了，可白色的泡沫总还显出一些干净的颜色。一阵风吹过，许多枯叶纷纷飘落，让人以为到了秋天。树们在自救了，自救的唯一办法就是脱掉叶子，减少蒸发。如果继续不下雨呢？叶子便越来越少越来越少，直至光秃。这真是一个无奈之举。

去年阳台上的花盆里长出一株开粉蓝色喇叭花的牵牛，今年又在另一个花盆里发芽了。昨天给花草们浇水时，发现它抽出的蔓尖在干涩的空气里摸索着，便将花盆向栏杆附近移了移，今天再去看，它已经牢牢地攥住了一根钢管缠绕了起来。被雨水淋湿的藤蔓是那样舒展，心形的叶子在风中兴奋地颤抖着。与它相邻的花盆里没种花，长出一小丛野草，因为一直不浇水，已经干死了，此时哪怕再滋润的雨水也唤不醒它们。这就是它们不同的命运吗？你不信又能怎么解释呢？

孩子妈妈喊：快过来吃饭，趁着雨停出去走走，今晚空气一定很好。我没应声。我正盯着花盆边沿上一只小蚂蚁在看呢。它是那么瘦小、娇弱，身体呈淡淡的黄色，仿佛刚刚从蚁卵里爬出来。是因为下雨它才得以破壳而出，还是刚刚破壳而出就遇上了一场让它惊慌的雷雨？我很好奇。也许这样的天气对蚂蚁而言是正常的生活，而我对它们的好奇，不过是因为盼到了一场久期的雨。

火车依然在不远处的铁轨上来来回回地跑，可声音却不像平时那般刺耳。不知是雨帘润湿了声音，还是铁轨和车轮在雨水里变得柔和了。

现在，湿淋淋的夜似乎比干燥的夜显得更黑更深更浓了，明天清晨一定有无数朵洁白的栀子花在雨夜里绽放，让它们浓郁的花香在潮湿的空气里弥漫，如果再配上青草的苦涩、青蛙和蝉的叫声，这才是夏天的味道和样子啊。

初夏花如斯

　　夏渐渐浓了，许多春花悄然淡出视野。悄然，这是人的感觉，对于花而言，也许是一场惊心动魄的蜕变，从花到果，或者从花到空。夏花则在繁华落尽之时，悄然开放。悄然依然是人的感受，不论夏花以什么姿态迎接自己的季节，心里都是庄严的。

　　有的夏花开得清淡。清晨或者黄昏走在大街小巷，幽幽的香樟花香一路氤氲，抬头细看，那些浅黄色的小花烟雾一样浮动在亮闪闪的绿叶间，远看还真看不出哪是花哪是叶呢。喜欢这种小花，不声不响的，不要绿叶衬托，也不要别人一惊一乍地赞美，悄悄地开放，淡淡地散发自己的清香，香遍一条街、一座城、一个青黄不接的季节。再小的花也会落的，香樟花落只是没有桃花李花飘落时壮观或者悲情，悄悄地，就落了一地。然后结出满满一树青青的果儿，绿豆一样；到了秋天，果子就变成紫黑色。我不知道香樟的果儿对人来说有什么价值，总觉得它们是在完成花的使命，了却树一年的心事。香樟的花，总让人想起小时候院子里的枣花，那是很远很远的记忆了，不说也罢。

夏花也有艳丽的。特别喜欢的是石榴花，玛瑙做的小杯子一样，斟满了娇嫩的花瓣和柔情的花蕊。没什么香味儿，流溢的是颜色，那种纯而又纯的红，没有一丝杂质。一直以为自己是因为花色而喜爱石榴花，后来检索一下经历，似乎还有别的原因。大学读书时，图书馆楼前的小花园里有很多石榴花。初夏时节，年轻人的心总有些躁动，石榴花严裹微露的样子是不是暗合了当时的心绪？如此，石榴花就是对成长的记忆了，那个由青涩走向成熟的时代哦！石榴至少有两种：一种是以开花为己任的，最终结一个小小的果子，不能吃的。另一种花开得不大，却能结大大的果实，"五月五开花，八月十五吃石榴"，轻轻剥开金黄或微红的外壳，一腔甜蜜的石榴米晶莹剔透，真想象不出这样的籽粒是如何酝酿出来的，花了石榴树多少心思。

夏花还有娇弱的。印象最深的是虞美人，似乎它还有个名字叫罂粟花吧，俗称蝴蝶花。成片的虞美人非常好看，在微风中翩翩袅袅的，真像一群蝴蝶在飞舞，红的粉的黄的蓝的。也有单株开放的，一片草地中间，小路边的杂草丛里，或者一堵残垣脚下，婷婷袅袅地开，看上去有些孤单，开得却极坦然，倒是真有几分虞姬起舞的格调。落寞吗？也许吧，但是人的一生有一个人真懂也就够了。只是不懂这粒种子是从哪里落下来的，还没有菜籽大的种子，竟然能释放出如此大的花朵来，让我对那粒种子充满神秘感。每年虞美人花开得最盛的日子，都是孩子们的毕业季。虽然做了老师的人已经不再那么多愁善感，可是看到在自己手里长大的孩子杨花一样飘散，还是有些伤感，不知他们自此一去前程如何。

夏花，还有远方火红的凤凰花、深粉的虎刺梅、洁白的七里香……太远了，无法再去感受它们的馨香，但和它们相伴的日子已经成为生命的一部分，永远不会凋落，不论春夏秋冬。

泰戈尔说"让生如夏花之绚烂，死如秋叶之静美"，其实夏花也不都是绚烂的，很多花本身就是一种静美，这要看人看花的时间、场景和心境。所有的事情都做完了,一个人或者一家人,一路走,一路看,所有的花都是美的,单单是不管身处何地也要绽放、明知终将凋零也不放弃的勇气,已经足以让人学会坦然:一切都是人生必经的,那么来吧!

合欢花开

进入夏季以后,天一直很干,连续很多天不下雨。路边的合欢树怕是早就想开花了,可是一直开不出,天太干了,开花怎么可能不需要水分呢。

不开就不开吧,日子依然晴晴朗朗地过着。

一个周末的下午,读到一篇写故乡的散文,薛涛的《故乡遍地冬阳》,突然心里痉挛了好一阵,不是作者对故乡的复杂感情感染了我,而是童年的一个生活细节:"一年冬天,妈妈陪爸爸去四平,购买什么东西记不得了,大概是与生意或翻修围墙有关吧。早上出去的,说下午回来。我们三兄弟度过了快乐的上午。冬阳一偏西,他们还没回来,我们便不安起来。我想到几天前的车祸,心里焦虑起来。熬了很长时间,我几乎确定他们出了意外……我开始设想着如何带大两个弟弟,把最小的弟弟送给姥姥家寄养更好些……我的计划刚刚成形,爸爸妈妈蹬着自行车在公路上露头了。刷地,我撕烂了那张完美却悲惨的'图纸',冬阳也灿烂起来,烘烤着全家人冰凉的脸。"

这样悲惨的设想你有过吗？我是有过的。从小就担心父母有一天离去，自己该如何活下去，常常在设想中泪水悄悄顺着眼角、鼻翼流进嘴里。后来父母真的先后去世了，日子竟然也就过下来了。"过下来"三个字中的辛酸，已经无法对任何人述说了，包括自己。这样的文字，突然扎痛了我的记忆。从文字里抬起头，窗外依然是初夏的阳光、闪闪的香樟叶、绿伞一样的合欢树和嘈杂的市声，仿佛刚才只是做了一个似曾相识的梦。

还是一个晴好的日子，办公室几个人休息的时候闲聊，无非是哪里出了车祸，什么人遇到了什么事，哪天在街头认错了人……什么人？心里突然愣了一下——我也曾认错过人的，看到的是一个背影，那是多年不见的朋友，一起经历过不寻常的岁月：一起吃住，一起烦恼，一起大笑，一起期待，一起看凤凰花像火苗一样盛开，一起对这个世界指手画脚……后来就天各一方了。他怎么会在这里？匆匆赶上去想一探究竟，擦肩而过时知道错了，没有老朋友的神采，连气味都不对。过去的岁月稀里哗啦地碎了一地，宛如落在地上的花影，没有颜色，也没有芳香。

是谁说来着，能够记住一个人的长相不难，难的是记住他的背影，因为那必须在对方离去以后，你还不曾离去，还久久地凝视他离去的方向。我是这样凝视过的，常常把这里的合欢树误作远方的凤凰花，常常站在合欢树下想那个细雨飘飞的早晨，想那些走进考场时过来摸摸我的手沾点灵气的孩子们。如今南方的凤凰花已经开始染红它们脚下的绿草地了，而这里的合欢花还在苦苦地等待一场可以让它们绽放的细雨。

天气预报，明天依然是晴天。

早上和孩子一起去推车子送他上学，发现一根蛛丝在车把上闪闪发光，一直通向楼门上方的遮檐，仿佛要用这细丝把我的车子拴住，或者吊起来。我说，你看这蜘蛛夜里都做了什么，竟然从那么高的地方下来帮我看车子。孩子笑我：蜘蛛哪里像你说的那样爬上爬下，它喷出一股丝在空气里随风飘，粘到哪里就和哪里连起来了，要是没人破坏它们就在那里结网。我知道，他说的是科学，而我说的是感觉。这是两种不同的东西，人们常常不去区分，或者有意无意地把它们搞混。

我是搞不混的，因为我就是那只大蜘蛛，躲在某个角落里，把自己的丝随意地抛洒在空气里，至于能够在什么地方抛下丝、结成网、安下根，全凭天意。我何尝有过自己的主见，说自己想过一种什么样的生活？一切都是随机的，都是听凭风的安排，风把丝吹到凤凰树上，我就伴着凤凰花度过雨季，风把丝吹到合欢树上，我就陪着合欢树忍受干旱。不光是自己的生活，连自己的孩子也是一根抛出的细丝呢。一位相处多年的老哥，孩子到南海边工作、安家落户，他也只好丢开这边的山水、亲友和惯用的家乡话，跑到几千里外去过完全陌生的生活。这样想着众生的意义，忽然心里就会涌起一阵酸酸的潮湿，仿佛梅雨季已经不远了。

清晨的街道溜着清凉的小风，人们默默地走来走去，上学，上班，上菜场，迎面走来或者背向而去，全是宁静的表情，生活搅起的纷扰都藏在看似风雨无及的内心。走出黑夜的合欢树，凤尾一样的叶子在轻风中向着晨曦展开，突然发现叶子的间隙里有闪闪烁烁的颜色——啊，合欢花还是开了，在翠绿的叶子的掩映下，像一颗颗粉色的小灯泡发出的光。一股欣慰流遍全身，像一场清凉的细雨簌簌飘落。

天上有几片云懒洋洋地蠕动着，被朝阳照得金光闪闪。——今天还是晴天。

紫色的小花

早就听一位哥们儿说，曾经的芦苇滩里开发出一个月牙岛，上面种植了大片的薰衣草，非常漂亮，可是一直被杂事缠着，没能去看看。

薰衣草是一种美丽的小花，浅紫偏蓝，轮伞花序。家里曾养过，和风信子一起买的。喜欢这两种花草，也不全为它们的颜色和气味，而是它们的名字——薰衣草，读着就让人满身清香，加上它柔和的颜色，很靠心的感觉。

一家人开车前往。因为刚刚开发，导航查不到地址，只好凭借大致的方位来判断，结果绕了很多路，到那里已经快到中午了。

的确还没完全建好，到处还是野乎乎的样子，但来看花的人已经相当多了，城市生活憋屈久了，田野、大自然便成了人们逃避生硬的去处。围绕一湾小湖，起伏的黄土上种植了大片的薰衣草，花正在开放，但泥土裸露，花和生长环境之间的关系还显得很生硬、很陌生，有一种强行介入的别扭。但是我们都很欣喜，用不了多久，薰衣草肯定会喜欢这片远离喧嚣的湿地，而长惯了野草的土地也会因着薰衣草的到来心境变得一片柔软。

当年厦门的园博园初建，我们都觉得太人为化了，好多文化符号好像硬生生贴上去的，人工的痕迹颇为斧凿。后来听朋友说，那里已经很美了。人与自然的融合，全要靠时间来调和。这样想着，就觉得身边的一切都会好起来，对环境的要求需要耐心，让环境在时光里成长为风景，或许把"要求"改为"请求"或"期待"更合适些。

天气已经有些热了，下车以后孩子提出买个冷饮，尽管平时不主张他吃这些质量令人怀疑的东西，还是立即同意了——原本就是让他在自然中寻找美好的心情，怎么能再人为破坏呢。他给自己和妈妈各买了一块雪糕，妈妈的是绿豆沙，自己要的是"东北大板"。他知道我不会吃情况不明的食物，所以也不征求我的意见就免了。但是从他的选择中，还是感受到他细密的心思——爸爸在东北长大，雪糕的名字似乎也能引起一些清凉的回忆。

又一次感受到语言的美妙，无需实质性的东西，单单是一个名字，就能传递出很婉转的心意或者心情。

午饭时间到了，去哪儿吃呢？一致意见：回家吃饭。虽然现在哪儿都有吃的，吃什么都不是个事儿，可是一讨论起来，还是想往家跑。家是个什么样的地方？很多思念家的文字，都把家和味道联系起来，妈妈的味道、厨房的味道、衣服的味道。我们也希望将来孩子远行，家也能够以味道的方式延长他的记忆，让他从中感受到专属于他的温暖与柔情。

不过我们没有回家做饭，而是在小区门口的拉面馆吃的。在人的心里，家不一定就是那几个房间，熟悉的环境、熟悉的人群、熟悉的街道、熟悉的气味、熟悉的颜色、熟悉的花草，都可以构成家的感觉。

从车里一出来，一家人都深深地吸了一口气。和月牙岛相比，这里的空气太清爽了，从海上过来的风在明朗的阳光下带着凉丝丝的海味儿。天空蓝得又高又远，青山的轮廓那样清晰，白色的、米黄的、浅灰的楼群在阳光下闪着明净的光，可以想见每座楼里住着的人家，此时正爆出葱花的香味儿，准备自己喜爱的午餐呢。菜蔬入锅时嗞嗞啦啦，满是家的声音。

孩子伸展双臂，感叹：还是海边好啊，连风都让人舒服。我们都表示同意。想起每次外出，从火车、汽车上一下来，第一个冲上来拥抱的就是一缕海风，那种清清爽爽的气息，把人在外地时的恍惑、旅途中的不安一下就吹散了，心里油油地升起安定感：啊，到家了！到了熟悉的土地上，走进熟悉的空气里，看着熟悉的树和花，觉得在这里不会有任何过不去的事，不会有任何解决不了的困难。

一把多好的海风！我也感叹。孩子和他妈妈都不赞成，说怎么叫一把海风呢，至少应该叫一阵海风或者一缕海风吧。我没解释，当年我从远方回来都在深夜下车，经过长途跋涉，脑子、腿脚和眼睛都有些麻木，唯有指尖是清醒的，一个人在静静的街道上往家走，就想伸手抓一把久违的海风，告诉它：我回来了。

在月牙岛的时候，口袋里电话响了。我没接，也不想看是什么人的电话。找我的人可能不理解，可是我的态度很明确：别打我电话，打了我也不会接。忙忙碌碌的四月过去了，挤挤抗抗的五月已经接近尾声，每年这两个月，都有无数的琐事纠缠。孩子有时会提意见：怎么这么多事，就不能安静地陪我一会儿？

是啊，为亲友奔走的多，给孩子的时间就少了，即便和他在一起，也时不时有电话进来，让他心里很不安定。又得出去？是他每次听到我电话铃声的第一反应。

好吧，今天我们什么人都不见，什么事都不做，安安静静地去寻找薰衣草，去找这一季紫色的小花，让一家人的衣衫在它们紫色的风里薰满清香，沾满宁静的色彩。

粉蓝牵牛

去年那株牵牛花似乎是从天而降的，莫名其妙地就在我家的花盆里长出一株小苗。我险些把它当作杂草给拔掉，没有拔掉的原因，只是因为它长着一对心形的叶子——多好看的叶子啊，让它长长吧，看是什么东西。于是它就长出细细的藤，到处触寻，最后扶着窗口的栅栏柔柔地长起来。秋风从夏的缝隙里渗出来时，牵牛开了一朵粉蓝色的喇叭花，然后一朵一朵往上开，开成一串"嘀嘀嗒"的蓝色小曲。

今年入夏，好几个花盆里长出了许多小牵牛花苗。凭经验，知道让它们这样挡下去肯定不行，必须去苗。对人而言叫去苗，对牵牛而言就是生死问题了。抉择权在我手里。去苗以后，牵牛长得很好，跟去年一样，纤柔的蔓在空气里探寻着，然后扶着窗栅往上攀，开出第一朵蓝色的小喇叭花，然后一发不收，嘀嘀嗒嗒，蓝色的旋律萦绕在窗口。

看着那洁净而柔和的小花，即便在炎热的中午，心里依然清凉而宁静，即便在微雨的黄昏，心里依然明亮而轻快。非常感谢这些小小的花，感谢它粉蓝的颜色，感谢它去年今年地让我们一直意识到美的存在。

"年年岁岁花相似，岁岁年年人不同"。面对这句古诗，细腻温婉的张晓风问她的学生："你知道为什么说'花相似'吗？是因为我们不懂花……"她还说："你们猜，那句诗的作者如果是花，花会怎么写呢？"她的学生答："年年岁岁人相似，岁岁年年花不同。"

非常敬佩晓风老师的智慧。她曾在《爱—恨》中这样记述自己引导学生发现人情感的复杂：

"这样说吧，譬如说你现在正谈恋爱，然后呢？就分手了，过了五十年，你七十岁了，有一天，黄昏散步，冤家路窄，你们又碰到一起了，这时候，对方定定地看着你，说：

'×××，我恨你！'

'如果情节是这样的，那么，你应该庆幸，居然被别人痛恨了半个世纪，恨也是一种很容易疲倦的情感，要有人恨你五十年也不简单，怕就怕在当时你走过去说：

'×××，还认得我吗？'

'对方愣愣地呆望着你说：

'啊，有点面熟，你贵姓？'"

全班学生都笑起来，大概想象中那场面太滑稽太尴尬吧？

"所以说，爱的反面不是恨，是漠然。"

但是，她对"花相似"的解释我却不太赞成，因为刘希夷说的是"相似"不是"相同"。"相似"的前提是什么？本质不同啊。仔细读来，那种似是而非感更让人揪心呢。或许正是因为诗人是懂花的也是懂人的，才用了"花相似"吧。

据说末代皇帝溥仪临终前回到早已失去的皇宫，最后一次来到万人仰慕的金銮宝殿，一步步走向皇帝的宝座。谁能知道此时此刻他在想什么呢？懂一个皇帝的心思几乎是不可能的，而懂一个末代皇帝的心思更加困难。他缓缓地俯下身子，找到了当年藏匿在宝座下的蝈蝈笼子，电影上，蝈蝈还在蹦跳。相隔着世事沧海，他和蝈蝈团聚了，把风云变幻的生命归结在最美好的瞬间。人生的是非原本就是无法说清的，而在这无法说清的是非中，总有些记忆是美好的。

我不想再去叨叨"相似"抑或"相同"了，如果能够和粉蓝的小花年年相遇，就当我们年年相同，在似是而非中感受似非而是的美好吧。只要明年牵牛花再生长出来，而恰好与我们相遇，我不要疑惑地说：这是什么东西？而它们也不至于张大嘴巴问：咱们……是不是在哪儿见过？

杨花落尽

今年初夏天气好，脆生生的阳光催熟满城飞絮，六月飞雪般在大街小巷飘荡。啊，到底不是飞雪，雪是急着扑向大地，而那些杨花似乎更向往蓝天。

"小园桃李东风后，却看杨花自在飞""春风不解禁杨花，濛濛乱扑行人面""春尽絮花留不得，随风好去落谁家"……古代诗词里不知道有多少写杨花柳絮的好句。有人说：杨花究竟有什么好呢，古人那么喜爱它，写杨花的诗词歌赋跟杨花一样多！听了这样的哀怨，心里一笑：杨花一春，人生一年，且珍惜些吧。这笑也像杨花，倏地一下来，在眼前划一道弧线，又悠悠然地飞走了。

今年的心绪总是淡淡的，梦一样不肯落地，杨花一样不肯生根。看着大朵小朵的杨花在微风中起伏游荡，不禁暗问：这又是要到哪里去？——哪里去呢？天这样蓝，风这样轻，满地是嫩黄的千头菊和鲜红的虞美人，美得让人生出惆怅。

昨天傍晚，从外地回来，一身疲惫。小径窄窄的，夕阳渐暗，杨花已淡，东边的山顶上月亮已经开始调试自己的光亮。突然从远处的暮色里传来几声鸟鸣,"咕咕嘟—咕咕嘟—",不是布谷。那么,是鹧鸪吗?辛弃疾有词"江晚正愁余,山深闻鹧鸪",我不在深山,从来没见过这种惹人愁绪的鸟儿。那么是杜鹃?杜鹃又叫子规,李白诗里说:"杨花落尽子规啼,闻道龙标过五溪。我寄愁心与明月,随风直到夜郎西。"我没有愁绪,只是觉得这样美好的时刻,该跟谁说一声才好。四顾,只有杨花,零零落落地从眼前飘向愈远愈深的夜色。听到这种鸟鸣,我知道,山的那一边的那一边有麦田,麦子已经青黄,不久就可以收了。

可惜五月农事已与我隔着遥远的时空,那些受了惊吓的野兔和叫天子,那些金黄色的汗水,那些观望天色的眼神,那些南风中窸窸窣窣的苇塘,在我的记忆里依然清晰,而眼前的时序却显得很虚幻,虚幻得像古人的杨花诗,"中庭月色正清明,无数杨花过无影"。

海边初夏的风,一股儿凉一股儿热,特别是晚风,让人颇多感受,亦颇多感悟。人在长长的小路上走着,倒像在穿越一段岁月。杨花已经在夜色里越走越远了,偶尔捉到一团行动迟缓的,捏上去虚虚的,似乎并没有种子。如果真的没有种子,落到哪里也就无所谓了。白天在高速路上穿行,看到很多杨花落在泥水里、河面上,仿佛结了一层冰花,还担心这些乱飞的花耽搁了种子呢,现在不用多虑了。

月亮已经很明亮地照下来了,显得很干净。尘事亦如杨花落尽,寂然无声,天地间那份空旷可以让没有种子的思绪自由自在地飞起来。

四月的乡村

我说的四月是农历四月，而且是四月的尾巴，快到五月了。记忆中的乡村不怎么在意时间，几月几号、星期几、几点几分，这些洋日子不怎么关乡村的事。但是乡村在意节令，到什么时间栽什么树、种什么瓜、播什么种，那是相当精确的。大二小三月出一竿，一九二九不出手，头伏萝卜二伏菜，这些东西永远不会乱。所以乡村喜欢用农历计年计月计日计时，农历农历，只有它才和农事合拍呀。

四月底五月初的乡村是一年中最忙的时光。

麦子黄了，青黄不接的那段日子终于熬过去了，西南风没日没夜地吹，布谷鸟没日没夜地叫，栀子花没日没夜地香，让所有人的心里都有点慌乱：麦子可以割了吗？是问别人，也是问自己。农活不像工业、商业那么精确，凭的就是感觉和经验，所以每一项农事到来，人们的神经总是绷得很紧，要从周围捕捉任何可以用来判断的信号。这也难怪呀，汗珠子在太阳下摔八瓣儿种的庄稼，下镰早了成色差，下镰迟了，后面紧跟着就是梅雨季，这个点儿不好拿捏。

当年有个老庄户,一到这个节口就不停地唠叨:"黄金铺地呀蒲公公,老少弯腰啊蒲公公……"大家听了都笑,谁也不知道他的"蒲公公"是个什么意思,或许是很着急、很不得了的意思?

"农家少闲月,五月人倍忙",白居易的《观刈麦》把农家五月的忙碌景象刻画得淋漓尽致。割麦、运麦、打麦、晒麦,哪里还有什么白天黑夜、男女老少。这才是夏收一端,还有夏种呢。耕田、插秧、点豆、种玉米……都说播种是农家的希望,收获是农家的喜悦,只有经历了才知道那份辛苦,人忙到最后似乎是在和土地赌气,和季节赌气,和自己赌气,和命运赌气。热爱,常常就像赌气,或者就带着赌气的成分。

四月的槐花香成一片洁白,四月的蛙声吵成一天星斗,四月的蜜蜂嗡嗡成一曲忙碌的野歌。这些都是闲人的心思,靠天吃饭靠地穿衣的人可没这份儿闲心。太阳在背上炙烤,汗水在眼里腌渍,蚂蟥在水里巡弋,乡村的花草只在农人抬头望天时撩一眼,它们开得很寂寞。

四月不寂寞的是大片大片的苇塘。碧绿的苇叶由紫色的芦芽、细细的苇心抽卷而来,像孩子的成长过程,所以,四月这片唯一的清静之地也注定是孩子的天堂。轻风吹拂,无边的芦苇刷啦刷啦地响,密密的苇子构建起一片阴森而神秘的荒芜,柴莺叽嘎叽嘎叽叽嘎嘎地叫,水鹆鹆咚咚咚地叫,让人不知道里面是一个什么样的世界。有胆大的孩子探头探脑地往里走,站在外面的孩子突然大喊:妈呀,狼啊!妈呀,蛇啊!然后一起跑开,吓得进了苇塘的孩子疯了一样逃出来。笑得上不来气了,就劈苇叶玩儿,有人卷成喇叭筒放在嘴上吹出嘟嘟嘟嘟的声音,有人做成小船放到水里漂。真正的兴趣却是不久将至的"五月端",彩线、鸡蛋、粽子、白糖,期盼往往比事实更让人激动和陶醉呢。

当然,这一切都成为遥远而朦胧的记忆了,隔着一季又一季的梅雨呢。如今我也是闲人，成了喜欢用公历计年计月计日的人，乡村已经不属于我，也不在意我。

那天和孩子聊天，真是聊的天。我说最近的天气真好，天空湛蓝，田野翠绿。孩子说你怎么就喜欢这样的环境呢，一点也不喜欢繁华？说真的，繁华我也喜欢，可是身处繁华的时候，心里总是慌慌的，感觉很不踏实。我对他说：这还不是我最喜欢的呢。我想在一片田野上盖几间小屋，前面是望不到边的绿草野花，后面是一片看不到头的白桦林。孩子问：那你吃什么呀？我笑了：可以驾车到小镇上去买啊！我们都笑，这哪里还是什么乡村生活，田野、山林、小溪已经成了风景，这种奢望仿佛是过去的农家人盼望着有朝一日可以拿点心当饭吃。

啊，太阳

高温已经持续好几天了，根据气象预报，这种天气还没有结束的迹象。

人们对炎热的抱怨一如阳光一般灼热，却丝毫没有让太阳感到难为情，它的脸上始终一片灿烂而毫无羞赧，似乎也永远不想像嫦娥一样广袖遮面。空调机的狂吼压制不住炎热带来的焦躁，身上感受着清凉，心里依然滚烫。

为了对抗炎热造成的烦躁，我不得不唯心主义一次，相信"心静自然凉"，于是拿起丰子恺的《缘缘堂随笔》来读。可巧就读到其中一篇《初冬浴日漫感》，是写他在初冬季节背窗而坐看书晒太阳的感受，他说太阳"非但不像一两月前地使我讨厌，反使我觉得暖烘烘地快适"，进而从中感悟出"前日之所恶变成今日之所欢""前日之所欢变成了今日之所恶"。他甚至感觉家里的房间、物什都发生了变化。特别有意思的是对维纳斯塑像的描写："希腊古代名雕的石膏模型 Venus 立像，把裙子褪在大腿边，高高地独立在凌空的花盆架上。我在夏天看见她的脸孔是带笑的，这几天望去忽觉其容有蹙，好像在悲叹她自己失却了两只手臂，无法拉起裙子来御寒。"读了不禁失笑，瞧瞧，不太稳妥的太阳神阿波罗竟然连自己同父异母的姊妹都照顾不周，怎么可能让天下苍生毫无怨言呢。

但是丰子恺没有怪罪太阳神，他说"是我自己的感觉叛变了"，而这叛变是大自然教的，"自然的命令何其严重：夏天不由你不爱风，冬天不由你不爱日。自然的命令又何其滑稽：在夏天定要你赞颂冬天所诅咒的，在冬天定要你诅咒夏天所赞颂的！"读到这里，不由人心境不平静，因为知道自己抱怨太阳是无端的，它一年四季的轨道原本就应该这样。而且，用不了多久，熬过了"秋老虎"，太阳就要受到欢迎、追捧和赞美了。

让人在炎炎烈日下不产生怨怼似乎也是没有道理的，因为人能把握的时空太过逼仄，甚至只对当下的处境有所感知。据说有一对夫妻，丈夫在晒场上扬谷，妻子在家院子里磨面。丈夫在心里祈求：老天爷啊，给点风吧，让我把粮食和秕糠分开。老天爷刚给了一点风，妻子在家又祈求：老天爷啊，千万别起风啊，我的面粉都被刮跑了。你看看，夫妻俩的要求，老天爷都无法同时满足，天下众生芸芸，他老人家也很为难。

如果我们能够把握更加广阔的时空，这种怨气是不至于冲天的。连绵的阴雨让人心里长毛，可是如果我们牵挂着那些连饮水都困难的地区、国度，是不是会觉得上天其实对我们十分偏爱？重复的米面让人味觉厌烦，可是如果我们还记得曾经有过吞糠咽菜饿死人的历史，是不是会觉得这样的生活不敢亵渎？成人总是比孩子能够忍受，那是因为成人的视野更加开阔；老人总是比年轻人更加冷静，那是因为老人的经历更加丰富。没什么了不得的，因为曾经经历过，而且知道一切都会过去，我们眼下不满的，即将成为我们求之不得的，于是当下的苦难便成为对未来的享受，哪里还有什么怨气。

记得有一首歌里这样大声呼唤：啊，太阳！啊，太阳！我心中的太阳……既然太阳在人的心中,炎热或者温暖本应由我们自己负责。既然眼下酷暑难耐,且让自己的心头冷却一下好了。——或者想想几个月以后将至的严寒吧。

·秋霜落叶·

以为,你一直漫步在那条幽僻的小路
虞美人袅袅地开在树荫里
绒绒的狗尾草覆盖了所有足迹
阳光的斑点摇晃着无法忘怀的别绪
期待秋风早至
为我还原曾经的 曾经的相聚

白云悠悠,又是一年秋风过
一片叶子飘飘地落了,又是一片
独自到那条小路上彳亍
一对恋人从身边走过
天上掠过一群鸽子
远山 夕阳 秋天辽阔

秋　意

天气还热着呢，听说已经到秋了。秋是从南边来、北边来的呢？"西风昨夜过园林，吹落黄花满地金"，那么它应该是从西边来的吧？不知道秋天是如何走来，所以一整天都在盯着，想看清秋款款而至的姿态。

早上要回老家一趟，大哥的重孙一周岁生日。可是刚出家门不远，天上就下起瓢泼大雨，路像一条浅浅的小溪，车子就像一只小舢板一样把我们往前渡。山和树都模糊了，是礁和岛吧。我说，这么大的雨，咱们回去吧。孩子和他妈妈说：都跟家里说好了，怎么能半途而废呢？于是接着往前走，走了不到十公里，竟然像刀切的一样，路口的东边雨水横流，路口的西边滴雨未落。这是一场台风雨，雨随风意，是从东边海上来的，不是秋雨。他们俩都笑我，说：看看看，要是回去了，你怎么解释！还需要解释吗？遇到风雨就想安安稳稳地待在自己家里，似乎已经成为我的习惯了。我早已经跟哥哥姐姐他们打过招呼：不是不想你们，也不是没有空闲，是不想离开家，所以少来看你们，别怪我。

来到大哥家，竟然一个人都不在，打电话给侄儿：是我记错了吗，今天不是你孙子过生日吗？他哈哈大笑：你来啦？还以为你有事来不了呢。我们已经到饭店了。侄儿比我还大一岁呢，我们一起长大的，说话很随便。

折回饭店，迎门看见大哥坐在那里，干瘦干瘦的一个小老头儿，看见我就把我拉住不松手。三哥从里面出来，说要跟我说件事，表情很严重的样子。我们来到街边，站下。三哥说：出问题了，我得了糖尿病。然后扳着手指头说：还应该给我几年吧，至少要活到七十岁呀……我拍拍他的肩膀笑了：哪有那么严重！这是富贵病，注意饮食，放松心情，它怎么不了你的。小时候跑到其他村庄看电影，三哥总是把我扛在肩上的。闭上眼睛，看《卖花姑娘》时我在他头上嚎啕，就像前几天晚上的事，如今他竟需要把小弟弟当作精神依靠了，仿佛我说没事就没事了。而我却也能大大咧咧地面对生死问题，像感冒发烧一样说得稀松平常。

大哥三哥都不能喝酒了，只有二哥陪我喝。每次碰杯，我都要再三叮嘱：少喝点啊，年龄已经镇不住酒精了。二哥笑笑说：没事，身体问题主要跟心情有关。于是我们就一起聊心情，聊如何才能让心情保持平静，似乎安顿心灵是保持健康唯一的灵丹妙药。是不是人到一定年龄就变得特别主观了？生活里的事永远枝繁叶茂，似乎只有精神可以如秋空一样风轻云淡、清爽辽阔，如秋树一样删繁就简、疏朗遒劲。

很多晚辈过来敬酒，不少我叫不出他们的名字，离家太久了——叫不出就叫不出吧，问清楚了也还会忘，我只要端好长辈的架子就行了。

回来去医院给孩子外婆送了饭，把孩子外公接到家里来吃，想让他放松一下，照顾病人是很辛苦的。果然，吃饭的时候孩子外公开始向我们告状了，说外婆总爱唠叨，连手机欠费也唠叨，说手机里没有钱你不知道吗？一格一格往下少你看不见吗？我们听了笑翻了天。她把电量当成话费了。突然觉得心里有点凉飕飕的——他们已经有点像孩子了，老两口之间的是非需要我们来裁决，并把我们的话当成胜利或者失败的标准。

　　送孩子外公去医院回来，下车以后发现夜空非常漂亮，大团大团的白云向西移动，白云的间隙里是幽邃的天空，有一缕激光打在云朵上，云朵里长出一条窄窄的彩虹。孩子他妈说：台风过后的天空真干净，要是白天肯定更漂亮。于是我又想起在厦门时过台风的天气——天蓝得像深秋的潭，大团大团的白云悠然地飘着，棕榈阔大的羽叶在半空中伸展，轻轻地摇动。从什么时候开始，看见眼前的一切总要想起过去呢？我说：天空会越来越好看的，今天已经立秋了。

　　秋究竟是从哪里走来的呢？风里或许有些信息，但并没有明确的答案。

突然的落叶

骑车在路边悠悠地走着，欣欣然地享受初秋的晚风。

路上车子不多，偶然还可以抬起头瞄一眼天空的白云，或像羽毛，或像浪花，或像用棉花团捏成的各种动物和人物……用心去感受，仿佛那些云缕、云片、云块也在扮演着不同的角色，演绎着人间的种种故事，很有趣的。大自然多么生动啊，地上发生的一切，天上也都在进行，那些云以彼此的形态表达着呼应和不舍——天空，有时就像人间的一面镜子，只是我们没有注意自己在那里的倒影。

西天的颜色丰富到让人吃惊的程度——那种蓝，那种紫，那种红，那种粉，那种橘黄，人类哪里能调配出来呢。而且，那些颜色是在天上啊，它们在营造着一种傍晚的氛围、一种无限的情境，让人喜悦，让人安详，让人对生活充满情趣。

是，沉浸了，沉浸了，我沉浸在天空的秋晚图中，沉浸在自己虚拟的世界里。一枚香樟叶落下来，掉在额头上，竟然吓了我一跳。于是放慢速度，再去看身边的香樟树。

秋天到了，阳光的穿透力似有减弱，新生的叶子好像脱掉了厚重的茧子，嫩绿闪亮，让人误以为正处在春天。常绿的树有时挺有意思的，它们不像落叶树木那样大张旗鼓、气势浩荡地来一场惊心动魄的飘零，而是悄悄地、静静地落一片，然后又有新的叶子补上，让人觉得什么都没少。这更像人年华的流逝，在不知不觉中长出一根白发，又长出一根，天长日久地销蚀着，似乎永远处在量变之中，而不会达到质变的界线。

行至一个路口，很多人围在那里，一辆电动车和一辆汽车刚刚撞到了一起，汽车的转向灯一闪一闪的，像痛苦眨巴的眼睛。突发事件越来越多了，常常是见多不惊。可是想想又难免肉跳——如果不是天空的彩云吸引了我，不是那片突然落下的叶子改变了我的速度，与汽车相撞的会不会是我呢？这样的推想当然是毫无根据的，可是偶然事件何曾有过什么逻辑？一秒钟，有时连一秒钟都不要，一场灾难就降临了，或者避过了一场灾难。

"人生无常"看似一句无奈的感慨，难道不是无法把握的生活现实的写照吗？

一件事情没有发生，我们习惯认为它从来就不存在，连可能性都没有，这实在是太过自信或者太过主观了。很多没有发生的偶然事件，只是因为一片突然落下的叶子把我们挡住了，仿佛上帝伸出一根手指，用指甲把正走向灾难的人拦下。如果没有那片落叶呢？如果没有一条小狗在你的车子前跑过呢？如果没有一个脏兮兮的老人向你问路呢？……我是一个不喜欢把假设当作条件来分析事情的人，可是无数事实证明，许多毫无关联的因素常常对一件事情的发生或是不发生起着决定性的作用。

上帝就在人间。"赶着去死啊"的怒斥也在人间。所以，对生活中发生的任何事情，不论是让人高兴的还是让人恼火的，都应该表示感谢，或许它就是上帝伸来的一小片指甲呢。

秋　花

匆匆地，秋已渐深。多少花，在天气还很炎热的时候，就已慌忙谢幕，它们已经顾不得美丽的容颜，更在意一年一度的果实。也有不少花，在秋风飒然的清晨或者傍晚悄然绽放，用缤纷的颜色与姿态，迎接属于自己的季节。

众多的秋花中，菊是幸运儿。《诗经》中写过荇、蘋、艾、葛、苹、蓼、薇、苤苢、卷耳、蒹葭等很多种植物，却未见菊，或许那时的菊还不叫菊吧。《离骚》中已有"朝饮木兰之堕露兮，夕餐秋菊之落英"这样的句子，菊已经被作为美好品行的象征。至于后来的诗文中，菊的出现就十分频繁了，陶渊明的"采菊东篱下，悠然见南山"奠定了菊隐者形象的基础，唐代诗人孟浩然《过故人庄》中"待到重阳日，还来就菊花"，就是取此意象。菊除了秋天盛开，与其他花究竟有什么不同呢？宋代诗人郑思肖的《寒菊》说："花开不并百花丛，独立疏篱趣未穷。宁可枝头抱香死，何曾吹落北风中。"这是对菊内在品质的美学发掘，独自开放、枝头抱香，既有隐逸的气质，又有高洁的品性。

秋花何其多，为什么单单菊花受到人们如此关注？人的心绪本已复杂，把心绪与外界相联结的方式更是瞬息万变，想弄清菊花在人心中产生特殊含义的过程谈何容易！那就让菊花在人们心中高洁着、隐逸着吧。

唯一感到有些叫屈的是，和菊花一样抱香枝头不肯萎落污泥的秋花，岂止菊花一种呢。近日观察旅居窗台的牵牛花，打着小小的花苞，开出粉蓝色的喇叭花，最后花瓣收缩，也是不曾凋落的，却不曾得到高洁的评价，这又是为什么呢？是它的花形不好还是它的花色不佳？或许是因为它不像菊花那么方便栽植吧，而真正的隐者难道可以随便培植吗？我没有仔细考察，像菊花一样抱枝不落的秋花肯定还有很多，它们都不曾得到菊花的荣耀，幸还是不幸说不好，但有一点十分明确，别人怎么说可能影响了菊花的生存方式，却从来不曾影响牵牛这类普通秋花的开放。

枣是一种花期特别长的植物，从春天一直开到秋天。已经结成枣儿的花早已落了，枣儿由青变成青黄，到夏末秋初由蒂部开始渐渐变红；而枣花依然在开，所以也算是一种秋花吧。郁达夫先生在《故都的秋》里写到过枣花，写得洁净而宁静，读来让人想家，想小时候土墙围起的、有枣树的小院子。已经有了累累果实了，枣树怎么还要开花呢？进入秋天的枣花是不会结果子的，只是细细小小地落一层在父亲用扫帚扫过的泥土地面上，像母亲随口讲的一桩桩往事。

很多秋天的花，只是要开，已经不在意果实——我说过，有些花，开放本身就是果实。

牵牛花是可以结出果实的，秋花里还有扁豆花也可以长出果实。这样的秋花肯定还有不少，真难为它们，这么晚开花，竟不担心果实被随后而来的秋霜摧残。它们对自然规律如此信赖，知道太阳的温度还够，自己的生命长度还能让果实成熟，这也是一种坚定的自信。

那些秋虫

> 月朦胧　鸟朦胧
> 萤火照夜空
> 山朦胧　鸟朦胧
> 秋虫在呢哝……

　　曾经很长一段时间，我喜欢沉浸在这首歌儿营造的氛围中不肯出来，感受那种迷蒙但不迷茫、凄清但不凄凉的意境。在淡淡的歌声里，仿佛坐在一条雾气萦绕的沙溪边，对面的山上长满了翁郁的竹林，月光轻轻地流淌，心里萦绕着隐约的依恋……四周很静，在静的背景里，一个小小的声音一直在喃喃诉说——是溪水轻轻跳动吗？是秋虫低低吟唱吗？天凉了，秋虫在呢哝，呢哝在茫茫的夜色里，在惆怅的月色里。

　　时光匆忙，好久没有静静地听歌儿了。那些让人牵挂的老歌里的画面，应该不会悄悄泛黄吧。

　　傍晚时分，心里浮躁，站到窗口去看天。很不巧，天色浅灰，月亮自然是没有了，但远山在，秋树在，朦胧的心绪在，于是心底便幽幽地响起了这首歌儿的旋律，"山朦胧鸟朦胧，秋虫在呢哝……"

眼前确有秋虫，但是不会呢哝，是两只像蚊子而不是蚊子的小飞虫，在空气中像一对相恋的人一样舞着，远了，近了，却永远不能相牵。它们在做什么呢？在渐渐渐凉的秋风里作一场生命的告别吗？一阵轻风吹来，它们跌跌撞撞地远远分开，然后都在空气里划着神秘的流线，终于靠近；一阵烟漫过，它们急忙逃避，彼此丢失，然后又是曲曲折折地寻觅，终于找到了，又和先前一样舞动。在我的窗前。

早晨上班时在路边，看到一只蝴蝶落在坚硬的水泥地上，深蓝色的翅膀镶一圈很浓的黑边儿，几颗橘色的斑纹小眼睛一样望着天空，翅膀吃力地开合着，似乎在用力地呼吸。在这清凉露湿的清晨，它已经没有力气飞上近在咫尺的花树上了，也不知它的另一半飘落在何处。树上的丹桂开得正浓，秋是桂花的季节。《本草纲目》中记载，桂花"能养精神，和颜色，久服轻身不老，面生光华"。

晚上依然薄阴，没有月色。窗外的秋虫吱吱吱地鸣叫。我听不懂虫子的语言，不知它们是在诉说生命尾声的感伤，还是在欢呼一场即将到来的寂静。或者真的就如人类心底的一首歌儿吧，什么也不为，只是借着声音来表达对岁月的一种感受，山朦胧鸟朦胧。

但我相信，不同的季节、不同的天气、不同的时光里，小虫的歌声是有差异的，一切适于自然，适于节律，和而静，宁静是美好的，不论什么季节。

秋丝秋缕

秋是一幅画，不是照片，是自然一笔一笔描出来的。细细体味，那不干的水粉，丝丝缕缕的，带着季节的味道，也带着人的心绪。

1

——看天了吗？
——没有，有什么特别的吗？
——你看天了吗？
——我也没看，怎么了？

没怎么。我奇怪的是，怎么没有人看天呢？可是秋天啊，再不看，就没了。都说秋季的天空最美丽，可是如果没有特别的事件，似乎没有人在意它。

于是大家都奔向窗口，认认真真地去看天，看一生只有一次的某年某天某时的秋季的天空。伸长了脖颈，一动不动，宛如初入课堂的小学生。看到了什么呢？不知道。亮晶晶的玻璃上映着清澈的眼神，闪着秋季天空的蓝光。

面对秋季的天空，每个人都会变得天真，像一群刚刚懂得看世界的孩子，像一群刚刚接触宗教的信徒。

2

去阳台上浇花，看到牵牛结好了一串籽实，圆润的壳裂开细细的缝，缝隙里露出两粒乌亮的种子——这是明年的花了，是不是依然会开成粉蓝色？

把明年的生命浓缩、收藏，今年的花蔓就完成了任务，松松垮垮地绕在防护网上，全不像当初那样紧紧地缠着。曾经四处探寻的触须已经睡着了，像歪在阳光下打瞌睡的老人的枯发。

是不是因为水浇得少了？拿来高压喷壶把所有的叶片都喷上雾，期待它们振作一些。可惜没有用，很好的阳光照下来，它们依然无精打采的样子。谁能想到，这萎蔫的花藤几个星期前开过那样精神的花朵呢？粉蓝色的小喇叭，支支都向着清晨的阳光。怎么这样呢，天气还暖着呢，曾经那么美丽的花。

只是轻轻感叹，没有感伤。秋天也是看得多了，知道花草的生命应该是什么样儿的，那还有什么好惊讶的呢。

3

绵绵的细雨若有若无地飘忽着。同事问：外面还下着雨呢？我说：似乎在下，似乎又没下。都笑，说：那到底是下还是没下？我怎么知道呢，我不在雨中，路上行人有的撑着伞，有的收了伞，空气潮湿而灰蒙。下班的时候还是穿了雨衣。这样轻烟一般的雨，要是在春天是绝然不会穿雨衣的。

天黑得越来越早了。晚风在细雨里浸湿了，吹到手臂上，起了一层密密的小疙瘩。

窗外草丛里的秋虫依然在鸣唱，声音低沉，像老年人偶尔哼哼古老的小曲儿，自娱自乐，还有点不好意思的样子。有只蚊子在灯光里浮了一下，仿佛是来晒一阵灯光。这样的温度，它们已经活跃不起来了。如果人可以忍受，它们宁可落在人的身上取暖，而不是想着叮人的血。

想起小林一茶的一个俳句：

不要打啊，
苍蝇搓它的手，
搓它的脚呢！

上大学的时候，一位老先生给我们介绍过。他不讲解，只是一遍一遍地读，直到读得眼圈儿发红。我们也觉得好，可是只知道细节捕捉得真实，描写细腻传神，语言倒是幽默逗人的，哪里至于好到让人眼圈儿发红呢。如今再读，就感觉到生命的味道来了。

秋在秋风秋雨中一丝一缕地走进我们的生活，在那一层一层渐渐薄凉的秋意中，欣喜或者感伤或者放达才是它给人的味道。且不管它吧，在我检视今年的秋天时，发现上帝说了很多，而我们能够听懂的却很少很少。

秋风里的父亲

秋分刚过，风就完全不一样了，清晨和傍晚，带着露气的小风会在人的皮肤上揪揪掐掐的，似乎想制造点崭新的皱纹。只要你敢把额头、胳膊或者腿露出来。梧桐叶才刚刚开始零星地飘落，离浩大的飘飞还有一段日子，不过，树上的叶子已经开始褪色了，像久未打理的发梢。

或许是看阎连科的《想念父亲》还没有从文字的情绪里走出来，看见街上行走的人，心里总有一种清冷的感觉，仿佛这凉风、这肃杀的气氛让所有人都受苦了，而我做得不好。

一个头发花白的男人站在树下打电话，我想，这是一位被人视作父亲的人啊，他又在为什么事而操心？一个男人，不论小时候多么顽皮，不论年轻时多么荒诞，一旦被称作父亲，立马就感觉自己已经站在秋风里了。站在秋风里的父亲，不再盯着潭水看天光摇曳多姿，不再计较知了的言差语错，甚至也不再顾及自己的形象，他有许多许多事情要做，要不，怎么撑得起"父亲"两个字呢。

阎连科用很多很多文字来追忆父亲，表达对父亲的感激与忏悔。

可是那就是父亲吗？那只是父亲面对生活作出的应对，可是谁能真正走进父亲呢？谁知道面对生活，父亲的内心是一番什么情境呢？父亲是一个只可意会的角色，而能意会父亲的男人必须自己也做了父亲，必须自己看着孩子正在面对生活。真正的父亲，没有一个是轻松的，他渴望像秋树一样抖落满身的叶子，赤裸裸地站在阳光下，却又牵挂抖落的叶子不知要飘向何方，担心在别人眼里不像一棵能遮风挡雨的树。

学校门口站着许多父亲，孩子就要放学了，他们要把孩子接回家。这是一群还很年轻的父亲，孩子才上初中，可是彼此聊天的内容已经很有些秋意了，成长，成人，成才，哪个词语不是沉甸甸的啊。孩子是父亲生命的果实，越长大便越沉重。有时我觉得《圣经》里的故事安排得并不合理，那个撒旦在伊甸园中引诱夏娃和亚当吃下的哪里是善恶树上的果子，分明是一枚情感的青苹果，从此明明知道为爱所累，还是乐此不疲，这不是命，是天命。很想告诉那些等候孩子的父亲：看，天上的云朵和晚霞多么美丽！是啊，秋到了这个时候已经是最美的了，再不看，今年的秋又将过去。可是我知道他们不愿意抬头，或者抬起头也只是淡淡地一瞥，因为他们做了父亲——父亲总是谦卑的，即便观赏风景也不敢过于奢侈。

曾经听过一个笑话，说的是贫困家庭中父亲的故事：家里买了一条咸鱼回来，舍不得吃，挂在屋梁上，孩子们馋了就抬头看看，当作下饭的菜。最小的儿子不懂节制，一直盯着看，父亲批评：怎么能这样看，齁着怎么办？父亲已经养成了习惯，总认为别人的需要比自己的更重要。这个习惯还要从小培养给孩子。

不要说从一个男孩儿长成父亲的历程有多漫长、多曲折，就是从年轻的爸爸长成父亲也不是一次简单的开花结果啊。就拿跟孩子相处来说吧，最初可能只是喜悦和爱意，慢慢体会到了责任和约束，最后就成了犯傻式的依恋。不是所有的父亲都伟大，但是所有的父亲都会犯傻，都有一种知其不可为而为之的悲剧英雄情结。

正因如此，几乎所有儿子都本能性地与父亲对抗。这种对抗不涉及情感与伦理，而是新一代父亲与老一代父亲本性的交接。父亲把自己当成儿子练手的靶子、磨刀的石头，直到有一天，父亲承认儿子比自己更强大，直到有一天，儿子感到父亲越来越慈祥，这个交接仪式才算完成。秋风飒飒，儿子望着父亲搀着小孙子远去的背影，望着他稀疏的灰发枯草一样在秋风中站起来倒下去，站起来又倒下去，突然就心疼了，后悔了，为曾经的对抗，为误以为父亲有多么强大，然后生出无限的苍凉。这苍凉放在心头焐着，一部分变成对父亲故事的追忆，另一部分变成对所有人的柔软。

一代又一代父亲行走在秋风里，一边飘着落叶，一边散发着阳光和季节的味道，像一片淳朴的山林或者蚱蜢蹦跳的草地。

拾穗者

1

读李娟的散文《决不辜负春天》，被她对米勒作品的精微的理解所感动。她在赏画，也在写自己的生活和对生活的理解。

在解读《晚钟》时，她说："此时，远处教堂里悠扬钟声敲响了……于是，他们放下手中的农具，女人合掌祈祷，男人脱下帽子，神情无比虔诚。此时，暮色苍茫，大地宁静，灵魂安详。他们祈祷什么？祈祷大地给予贫寒的他们一点点生之温暖。如米勒一样贫穷的农人，祈祷孩子健康，能吃饱饭，哪怕每顿饭能吃上这些土豆……"

在解读《喂食》时，她说："在铺满阳光的小院里，祖母坐在木凳上给我和妹妹喂饭。我们仰着头，一口一口吃着香甜和小米粥。春天的风吹过故乡的原野，麦浪返青，桃花遍野，柳丝如烟……"

在解读《拾穗》时，她说："她一只手抚着腰，另一手拾麦穗，仿佛拾起苦涩岁月里一点点甜。她额头上的汗水一滴滴落在泥土里……诗人写过：母亲每拾起一个麦穗，就像是给大地磕一个头。"

2

酒桌上，菜肴太丰盛，至少还有三分之一剩在那里。一位老哥却在细心地把盘里的米粒往碗里拨。我说：还有这么多菜呢，干吗在乎那几个米粒？老哥看看我，说：我是农民的后代，可以容忍把鱼肉剩下，却不能容忍丢掉一粒米。

这不是一笔经济账，也无关浪费和节俭。我也是农民的后代，我知道农民会因为几穗稻谷付出比稻谷本身大得多的成本或者说代价，农民对粮食的感情早已超越了珍惜，近乎崇拜。

3

母亲带着我们从东北回来那年，已经是深秋了。因为没有工分，村里不能分给我们口粮，生活主要靠买高价粮和亲友接济。放学回来，母亲常常不在家，我知道她又到收完的庄稼地里去拾落下的稻谷。我放下书包就往田野跑，我怕父亲去世、举家搬迁，接二连三的大事把母亲压垮。

可是没有。妈妈带着她的小孙女在田野里边走边聊，仿佛在巡视自己的家园。收获完的天和地都很空旷，清冽的小风已经磨出些刀刃儿了。我的小侄女举着一穗稻谷跑向母亲，骄傲地大喊：奶奶，奶奶，我又捡到一棵！母亲轻轻地摸摸她的头，似乎还夸奖了小丫头。所以，我不同意李娟说的"母亲每拾起一个麦穗，就像是给大地磕一个头"，我母亲捡起的不是大地的恩惠，甚至也不是希望，而是平静的喜悦。

面对困苦，不同人有不同的态度，有人躺在家里抱怨，有人跪在路边哀求，有人抓住谁都要一番诉说……我的母亲不，她微笑着安慰我：不怕，都会过去的。

4

翻阅一位老阿姨送给我的书《诗意中华》和《山海连云》，是全国和本地风景名胜摄影配诗的两个集子。我没有流连于中华河山的壮丽，也没有惊叹于诗歌与画面的精美搭配，我感叹的是，就在我的身边还有这么多人在一丝不苟地采撷琐碎的生活、酿造热爱的蜜。

我一直以为创作早已成为作家的专利了，一直以为现实生活中已经没有为表达而表达的写作了，一直羡慕古代人一边种田、打仗、放牛或者做官一边写诗的文化氛围。身边这些我认识或不认识的人，消除了我的孤独。

朋友在博客里留言鼓励："写下，即永恒。因此，只要用心写，就很好。"我答："像一个行走于街巷的老人，随手捡起别人丢下的生活碎片。"

我忍不住用敬佩和探询的目光打量行走于生活中的每一个人，法官、医生、收银员、清洁工、买菜的大妈、收废品的老人……你们就是那些生活的拾穗者吗？

秋的尾声

窗外已经黑透了,春夏以来的所有虫鸣也已寂静。和儿子坐在沙发上听歌儿,降央卓玛唱的《鸿雁》,歌声舒缓而辽阔。真不知道这个秀秀气气的女孩子,怎么能唱出如此苍茫的声音来。

>　　鸿雁　天空上
>　　对对排成行
>　　江水长　秋草黄
>　　草原上琴声忧伤……

不知道孩子从歌声里听到了什么,我仿佛又回到了曾经去过的海拉尔大草原,额尔古纳河、湿地、白桦林,茫茫无际的草地和蓝天,都被悠扬的蒙古长调缭绕成漫漫的思念与忧伤。去的时候是盛夏,不知那里的秋天是什么样子,如今怕是早已进入冬季了。

孩子啊啾啊啾打了两个喷嚏,天凉了,秋已进入尾声。没过一分钟,我也啊喊啊喊打了一串喷嚏,天真的凉了,即便还有回暖的日子，也只是短暂的。这个秋天即将过去，不管你对它是无限依恋，还是漠然置之，它都要跟随大雁的影子渐渐淡入悠远的天空，再不回头。明年秋天再来，已经不是今年的秋了。

那天刮大风，和孩子一起往家走，他突然问：爸，快到冬天了吧？他问这个问题是有心理背景的——冬天到了，家里就要开暖气，也就很少开窗了，他的小狗泰迪该怎么办？我说：你数数看。他就"春雨惊春清谷天"地数起来，最后告诉我已经快到霜降了，离冬天真的不远了。我告诉他，我已经想好如何让泰迪在家里过冬了，他立即轻松活跃起来，仿佛寒冷的风早已与他无关。

不论季节如何变更，孩子都是最好安置的，只要把相应的衣服准备好就行了。在他们的心里，季节的变化，不过是室外的温度不同而已，不过是要过的节日不同而已，他们可能连草木凋零、北雁南飞都不太在意。

那次去额尔古纳河，蒙蒙细雨中，他和我一起冒雨跑到游船外面的甲板上眺望河对岸的俄罗斯，我问他：我们已经快要跑到中国的最北部了，离家很远很远，怕吗？他拉住我的手轻快地说：爸爸妈妈在哪里，哪里就是我的家，怕啥。在阴冷潮湿的北国，这话说得太温暖了，让人想起明丽的江南。其实，拥有这样的心境是相当不容易的，像我，就再也不能这样说了。

急匆匆地行走在末秋的晚风里，我也悄悄地问自己：如果可以拥有一份宁静，你打算如何享受这仅有的秋光？这个想法有点奢侈，但想一想还是可以的。令我自己都没想到的是，头脑里竟浮现出两个重叠的画面。我无法用理性的语言描摹这两个画面，只好用所谓的诗歌的样子试着把它们呈现出来：

柿子映红晚霞和窗口
一只苍蝇静静趴在玻璃上

享受这最后的温暖
　　双手轻轻擦拭赭红的眼睛
　　也许，暮色从地面拉起后
　　它的眼帘再也不会随着朝晖拉开

　　我也想找一片　残存的阳光
　　静静地倚墙而坐
　　捡起一片落叶　细数上面的皱纹
　　听狗的叫声从春天传来
　　闻栀子花香从夏天飘来
　　抓一把末秋的阳光藏在怀里

这样的描写实在太小家子气了。那么，还是来听降央卓玛浑厚的歌声吧，以此来送今年的秋。

　　鸿雁　向苍天
　　天空有多遥远
　　酒喝干　再斟满
　　今夜不醉不还……

真的有点想喝酒了。

·冬雪轻烟·

回家的路在初冬的边缘
在细雨溶化了的路灯光里
而路灯不安的光
又被枝头残叶不停地切碎

偶尔的月色
吵醒眼波里摇头摆尾的鱼
湖面，荡漾岁月的波纹

所有人都在回家的路上
天光不能再短下去了
因为回家的路很长

初冬的阳光

没有比初冬再好的阳光了。温暖和炎热的季节，人们不知道珍惜，甚至还要逃避着阳光；特别寒冷的日子，虽然依恋阳光，可是外面太冷，只有隔着玻璃看阳光的明亮，看那些不怕冷的树木和花草在阳光里轻轻舞动。只有初冬，可以自由自在地在阳光下行走或者站立，享受阳光的轻抚。

既不多，也不少，刚好能把人晒暖，刚好能让人的身心舒展。初冬的阳光，对自己比任何一个季节都拿捏得准，这是它的可爱之处。

天气很好，阳光把天空映照成玉白色，把山笼罩成青灰色，把尚未枯尽的梧桐叶描绘成蛋青色……整个世界都在这种淡雅的蓝灰色里，显得特别素净、宁静。空气里也有一层浅蓝色的丝缕，辣得人有点想流泪，不知哪里又在焚烧落叶。但是感觉还是蛮好的。想起当初和朋友一起谈论颜色，竟然都喜欢浅灰色。这是一种冷色调，据说喜欢这种颜色的人喜静，有点消沉。我们喊了一通，大声地说：懂不懂啊？这可是高级灰啊！

所有的树在初冬的阳光下都站立得有些庄严，仿佛在迎接一场隆重的仪式。那是一场什么仪式呢？是一场盛大的飘零，还是一次生命的交替？没有风的时候，它们就这样肃穆地等候，像古代早朝时的大臣，让人怀疑它们是否还在呼吸；微风吹过，便发出一阵沙沙啦啦的声音。这已不是夏秋时的叶子声了，那时的叶子声透着生命的水汽，舒展而豪放，此时的叶子声音里已经基本没有生命的迹象，仿佛一阵人云亦云的掌声。李义山曾经写过"留得枯荷听雨声"的诗句，不知他是想听生命的消散呢，还是想听雨的幽静。李清照的梧桐细雨，写的则是心里的枯寂了。

　　但是有阳光的初冬没有那种萧索，连小飞虫也在正午的阳光里飞舞呢。这些小虫子真有意思，天气阴晦，气温稍降，它们就不知躲到哪里保命去了，而太阳出来，气温略升，它们就耐不住寂寞了，要在空气里划出它们飞舞的痕迹。让人好奇的是，前几日阴雨，它们是在哪里躲过的呢？生命本已不易，干吗还要忽冷忽热，让它们误以为热闹的季节又回来了呢？

　　那天看到一只很大的蝴蝶在透明的空气里飞，黑色的环纹，浅黄色的底色，还以为是一片落叶呢，可是它却不停地往高处斜斜地飞，超过了大树的高度。当时想：这是要往哪里去呢？飞到多高才能逃出季节的控制？然而，再短暂、再脆弱的生命也比一片飘零的枯叶更加生动，它还在初冬的阳光下寻找自己的归所，没有完全沉沦于季节的掌控，努力抗争即将到来的寒冷。

　　不懂季节，不懂规则，有时是一件很不错的事，有勇气在偶得的阳光里做一次泰然的飞行。

树到冬日

每年立冬,南方的一个弟子就会发短信来:"老师,今天立冬,要吃饺子哦,天冷不会冻坏耳朵。"然后我们就从吃饺子说起,聊一些生活和工作中的琐事,他们当初的样子就在我的眼前生动起来,尽管我知道他们现在都已经长大了,可是记忆中一个个还是读书时的样子,好像他们的生活就停在了那个年龄。

其实立冬对南方人而言只是一种心理体验罢了,天气不会像北方这样冷,冻不坏耳朵。甚至,连树也不会发生太大的变化,因为到冬天和不到冬天,它们都不会落叶。刚回来时,觉得家乡的冬天实在荒凉,到处都是灰蒙蒙的,不像南方四季常青。现在已经适应了,不再像刚刚回来时那样憋屈。看着满街在寒风里飘飞的枯叶,常常涌起一阵深深的敬意:不是落叶每年提醒,哪里会意识到生命易逝,常绿不在。

对经冬不凋,人们一直是持赞美态度的,孔子就说过"岁寒,然后知松柏之后凋也"的话,意思是身处恶劣的环境而不改变自己才是君子本色。于是很多人就跟着嚷嚷什么迎霜傲雪。其实人哪有不变的呢，孔子也说自己"吾十有五而志于学，三十而立，四十而不惑，五十而知天命，六十而耳顺，七十而从心所欲，不逾矩"，谁又能逆天行事呢？树在适合自己发芽的季节发芽，在适合自己开花的季节开花，到了需要凋零的时候凋零，才是它们的本性。

人类似乎自始至终都在尝试违背天性，总想把自己凌驾于高山之上，凌驾于天空之上，凌驾于自然之上，也凌驾于自己之上。雄心壮志可以有，但行为还是克制点好。有些国家提出建筑房屋不得高于树，让树在充足的阳光里生长，这是对树的尊重，也是对自己的尊重，因为谁都知道一旦树离开了人类，人类也就差不多要离开地球了。

知道树是通过叶子来呼吸的，因此看到脱光了叶子的树站在阳光下，总觉得它们会很憋闷——整整一个冬天不呼吸，它们该怎么活呢？当然，这又是以人之腹度树之心了。小时候喜欢抢胳膊玩儿，父亲看见了，说：做孩子真好，胳膊可以随便抢。父亲年轻时习武，对肢体的运动能力很看重，可是年龄大了，只能羡慕我们的健壮，自己却做不到了。那时我以为父亲会很伤感，就红了脸不再抢。

前几天站在落了叶子的大树下等孩子，顺便享受阳光的明媚与温暖，抬眼看到公交站上贴着一则广告，大意是只有想不到的，没有做不到的，心里不由暗暗一笑，想这肯定是哪个年轻人草拟的，人的一生哪有什么事都能做到的呢？做不到是很正常的事，不想做才是颓唐的表现。

这也是近年才明白的道理，年轻时总是希望把什么事都做成、做到完美，后来渐渐就明白，不是所有的事都必须做成，没有什么事可以做到完美。这究竟是意志衰退还是找到了生活的真实呢？年轻的同事有时说：您怎么会如此淡定！我的理解，所谓淡定就是学会放弃，对不需要的东西的放弃，对做不到的事情的放弃，就跟很多树到冬天不能再保留自己的叶子一样。

那天看到一篇文章里说，很多人做错事并不是因为德行有问题，而跟他的心理关系更大。非常赞成这种更接近生活的观点，因为它更真实。甚至可以说，很多事情做得不好跟人的情绪有关，跟人所处的环境有关，跟天气有关，跟看到冬天的树梢上一片尚未飘落的叶子有关，生活而已，什么都要上纲上线，不是把自己往绝路上逼嘛。

"删繁就简三秋树"，落了叶子的树才能让阳光透过来，让树干也明亮、树根也温暖。留点路给阳光走，这种疏朗的感觉是枝繁叶茂的季节里无法体会到的。

冬天的翅膀

　　冬天的空气多么凝重，像一块包裹着大地的巨冰。小鸟嘎吱嘎吱地划开空气飞向远方，它的身后，阳光在穿透空气时被折弯，带着绚丽的色彩洒向大地；尖锐的风，打着呼哨冲进来，人、树和所有东西的影子都有点站立不稳，东倒西歪。鸟儿一个漂亮的转身，在空气里留下一道美丽的弧线，久久不肯消失，仿佛小时候冰鞋在冰面上划出的痕迹。

　　鸟儿的羽毛那么单薄，翅膀在寒风里竟然没有冻僵，对于怕冷的人而言，有点不可思议。——一定有一股热流在温暖着那对翅膀。有时看着鸟儿在空气中愈走愈小的背影，会突然涌起莫名的感动：它的能量来自山尖尖上的太阳，还是空阔的远方？有了方向，寒冷就不成为阻力了，只要走起来、飞起来，自身就有热量。我没有小鸟的翅膀，但有追随它们的目光。

　　而更多飞翔的鸟儿，身后没有追随的目光。这在寒冷的冬天，有点让人心寒。但是鸟儿不看身后，飞翔是它们蓝天下、阳光里的生活，不是舞台上、灯光中的舞蹈，所以不需要关注和掌声。那是和天鹅湖、孔雀舞完全不同的行为，那是它们自己的事，也是为它们自己。这跟开在田野的花、结在山谷里的果一样，不是为了别人看见、欣赏，而是生命的需要。是生命的需要，所以，有没有人知道，都不偷懒。或许正是因为没有别人目光的拖累，鸟儿才飞得如此自在、如此优美吧。翅膀的律动与心的律动吻合，那是多么美妙的心境啊。

在这寒冷的冬天，鸟儿因为有翅膀而受人仰望，也因为有翅膀而与人类深深地隔膜。我没有鸟儿的翅膀，所以只能站在地上，望着天空发呆，天冷了站在这里，天热了还站在这里，站得像一棵树。我知道南方的温暖，也知道北方的辽阔，但是远方属于鸟儿，我只能像一棵树一样站在脚下的土地上。

站成一棵树也是很不错的，鸟儿在天空待得厌倦了可以落到树上休息一下。鸟儿虽然有翅膀，可最终还是要落到地上的，如果没有树，它们到哪里落脚呢？即便是荒凉的冬季，大地对于鸟儿的意义与任何一个季节相比也不会改变，不能回到地面的鸟儿是无法生存下去的，或者说正是因为有了大地，翅膀才有它的意义。鸟儿不会死在空中。

其实，天上的许多内容都来自大地。也许有一天，天空中不再有白云，不再有阳光，也不再有小鸟，但是，我们知道这些都曾有过，小鸟翅膀留下的弧线还清晰地留在记忆里，天空可以因为人的记忆而不空，我们的心里也不空。记忆可以温暖因消失留下的寂寞。

尽管人在冬天里特别喜欢回忆，但事实上冬天是不适合回忆的，冬天适合展望，正所谓"冬天已经到了，春天还会远吗"式的自我安慰。回忆和展望都是人类的翅膀。鸟儿的翅膀在当下，而人类的翅膀恰恰不在，它在过去或者未来。

冬雨和黄叶

从秋天到冬天，今年的雨水实在太多了。每场雨淅淅沥沥好几天，上一场和下一场几乎首尾相接。每场雨都有人念叨：这场雨过后，天就要冷了——声音拖得很长，疲疲沓沓的，像窗外绵绵的阴雨。是对阴雨的厌倦，还是对寒冷的心理拒斥呢？或许二者兼而有之吧。

不过这场雨的确有点不同，悬铃木的叶子一下子落了很多，露出青灰色的枝条了。我曾嘲笑过枝头的枯叶，我说：都到这份儿上了，要是我呀，早他妈落了。现在想想，自己挺可笑的，必是时辰不到吧，谁不留恋过去的样子呢？

今天一位老哥的公子结婚，遇到很多已经退休的老人家，我说真的很想退休啊，一位老人家说：好好珍惜吧，真退了，很怀念当年辛苦的时光呢。——是啊，没事可做的时候，辛苦也是一种幸福了。

打着伞，踏着落叶慢慢地走，忽然就有几滴雨飘进心里了。当年在大学校园里，最喜欢悬铃木落叶的季节，响晴的中午，和宿舍的老二或者老七,踏着厚厚的落叶往校门外的新华书店走,心里总是有一个清悠的旋律在缭绕。中午的校园那么静,一阵风来,空中和地上都沙沙沙地响,让人感觉像在梦里。前几年回母校去看老师,房子大多翻建了,但是那排高大的悬铃木还在,比我们离开时更苍劲了。当年飘荡在幻想里的学子,现在都开始盼着退休了呢。

特别喜欢银杏的叶子。在树上时黄得那么纯粹,落下来还摆成各种抽象的图案,让人在图案里看到过去,看到远方,看到其实已经飘零的记忆;如果有充足的时间,还可以从落叶的缝隙里看到更丰富的内容。其实缝隙也是图案的一部分,没有缝隙,哪里来的图案呢?那缝隙是什么呢?我站在树下出神,在落叶里寻找我生活的缝隙。当年语言学教授要保送我去读研,然后回母校工作,我没去,因为母亲年龄已经大了,我要工作,让母亲能多享受几年小儿子挣的工资。后来有同学问我,后悔不?我说从来不,如果真的去读研,还没毕业母亲就去世了,那才后悔莫及呢。这大约就算生命图案的缝隙吧,它让我觉得生活的边界特别清晰。

有人说有舍才有得,觉得这是一种生活的智慧。怎么说呢?我不太赞成——如果舍是为了得,那便没有真舍,不过是以退为进或者两种结果的交换罢了。真正的舍应该像落叶一样,轻轻飘下枝头,从此随风流浪,在流浪的途中随意地构成各种图案,让某个发现它的人心生欢喜。

大学真好,叶子落了并不急着清扫,让那些落叶也成为各种各样的书页,摆放在大地上让学子去读。中学和小学似乎是容不得落叶的,如果路面上有落叶就是卫生没做好,挺可惜的。那天在一所学校看到一位老人在清扫路面,眉头皱得老深,仿佛那些落叶故意给他找麻烦。扫完以后,他又扛着竹帚去敲打枝头还没有落的黄叶。我一下笑出来,觉得这老人真的跟孩子一样,干吗只看到垃圾而看不到黄叶在空中、落叶在地面构成的图案呢?人的实用意识一强，就什么缝隙都没有了，落叶只是乱糟糟的一团，似乎毫无秩序可寻。

其实落叶就是那个样子，而在不同人的眼里它却是不同的，可以把它作为描绘大地的颜料，也可以把它看成污染街道的垃圾，各人从中获得了什么完全不同。不喜欢这冬天的冷雨是有原因的，潮湿把黄叶牢牢地粘在地上，它们失去了飞翔的翅膀，显出了一派颓相。——这也是我的局限，也许绵绵冬雨正是另一双眼里的风景呢。

等雪的日子

天气预报说今天有小雨加雪,可是等了一天也没有动静。

送孩子去学钢琴的路上,和他一起讨论天气。知道什么方式的降水最让我讨厌吗?我问。他说:下又不认真下,拖拖拉拉又不晴天。是,这是我以前跟他讲过的。我喜欢那种干净利索的雨,哗啦啦下一阵,然后晴天。就跟人处理事情一样,有什么话赶紧说,说完拉倒,有什么事赶紧做,做完该干吗干吗,最不喜欢的就是黏糊,有事没事都做出很忙的样子。

其实我想说的是,我最不喜欢的降水方式是雨夹雪——到底是下雨呢,还是下雪?把不同性质的东西搅和在一起,让人分不出是与非、真与假,这比黏糊还让人无法忍受。孩子说:妈妈最不喜欢的是下霜,把她的车窗挡住了,开不了车。于是我们一起笑,觉得上天也真是够为难,你不喜欢这样,他不喜欢那样,到底哪样才符合所有人的心愿呢?

下雪吧。几乎没有人不喜欢雪。

连续好多年了,冬天的大雪下在我们的南方,夏天的酷热发生在我们的北方，这里总是不温不火的。孩子已经有些气象概念了，说：冷也不太冷，热也不很热，我们这里最适合生活。我说：可不是！不过如果没有大海，可就危险了，这个纬度特别容易形成沙漠。为什么呢？孩子有些不解。我从大气环流、降水和蒸发的关系，云山雾罩地给他讲了一通，目的不是让他理解气候的形成原理，是想让他珍惜大海，珍惜眼前拥有的一切，因为在大自然面前，眼前拥有的一切可能会在瞬间消失。

该下点雪了，他说，我四岁那年，你从厦门回来，我们一直在雪地里玩儿，天黑了都不肯回家，堆了一个很大很大的雪人。或许真的是他四岁的时候吧，他说以前的事总是说"我四岁的时候"，大概相当于我们说"我年轻的时候"吧。那场雪是真大啊，下了半尺多厚，我们一起滚了一个大雪球，然后把雪球又做成一个雪人儿。我的印象中，那个雪人儿不是很大的，一想也是，那时候他小，人小，看什么都是大的。

年后回厦门，我还看到一幅"残雪江南"——又要离开他远行了，心情本已寥落，傍晚时分到了江南，田野一片斑驳，河流也在斑驳中变得虚幻沉寂。车子行驶很快，灰暗的村庄、明亮的城市走马灯一样在我眼前晃动，让我的心里更加低沉，总想弄明白，眼前的变幻是为什么，自己的漂泊又是为什么。没有答案，所以人便像感冒却打不出喷嚏一样憋闷。

我不能把这样的心理历程讲给他听，他一直以为爸爸敢一个人北上南下挺了不起的呢。况且，将来他也要这里那里的奔波，不能形成善感的心态，心硬一点好。我说：我看过一篇写雪人的文章，挺好的，可是记不得原文了。他说：那你把大意说给我听听吧。其实大意我也记不确切了，只记得看文章时自己心里涌起的感受，顺口编给他听：

雪孩子站在寒风里，冻得眼睛都不会眨。

他在心里说：妈妈，天黑了，带我回家吧。

没有人回答。

他在风里大喊：妈妈，太冷啦，你快抱抱我吧！

寒风大声地呵斥：妈妈不能抱你，抱你，你就要化了！

第二天，太阳出来了。小雪人儿慢慢变小、慢慢变小，最后跟着太阳飞走了……

那是你小时候在东北堆的雪人吗？孩子静了一会儿，问我。我又不能答他了——其实，这是我们所有人的故事。

我转移话题：为什么喜欢雪呢？孩子恢复了话痨的本色：雪多好啊，一片洁白！我说：纸不也是白的吗？他说：它们长得不一样啊，雪会飞。我说：棉花不是和雪长得差不多吗？也会飞。孩子想了想，说：你家棉花是从天上飘下来的吗？我感到很奇怪，他为什么不说雪是冷的呢？为什么不说雪会化呢？也许，在孩子的心目中，从天上来的才显得特别神奇，容易融化才感觉特别值得珍惜吧。

雪还是没来，好在可以等待。我们就在平静的日子里等待一场渺茫的白雪。

如果有一场雪

天天翻看云朵，希望里面藏着些有雪的日子。漫长的冬天，没有雪花飘飞，该有多么寂寥。

云朵总是那样白，一大片一大片的，可是不是雪的白。地上的风向南刮，而那些云朵却往北飘，下面的风很疾，云却走得安安闲闲。我的目光从云的缝隙漏过去，就看到深不见底的蓝天了。有时觉得自己的周围被什么东西遮住了，目光总是冲不出去，在那些楼房、小山、树木中碰得鼻青脸肿也冲不过去，感觉在这些看得见的物事的空隙里，还塞满了很多看不见的东西。是些什么呢？搞不清楚，但是我的目光冲不出去，憋得眼球酸胀。

如果有雪花就好了，目光可以跟着它们飘向远方，也可以迎着它们走向高空，用它们纯净的白色洗一洗色彩驳杂的生活。

昨天在亲戚家吃饭，一位老人家别的话不说，只是不停地让我吃这吃那，心里暖暖的，好久没感受到长辈这种简单的关怀了。含着老人家夹来的菜，半天没敢用力咀嚼——关爱有时也会硌牙的，让你想起一些人，想起一些特别的日子。是啊，有些日子会硌人的，即便你并不经意、没有任何人提醒,也会感到一阵酸楚。

在滑雪场,孩子问我:你小时候在大雪地里走路,那雪不往你鞋子里灌吗?我告诉他,奶奶会用绑腿把我的裤脚和鞋子连接到一起,雪进不来。其实雪特别深的时候也会钻进鞋子,只是那时候不怕冷。雪场上大家玩得热火朝天,谁会觉得脚下的雪有多冷呢?

如果能下场雪,好多事情就可以覆盖了,即便化了雪,也不再是原来的样子,有些东西会失去棱角,有些东西会变得模糊,有些东西会变得柔软……没有雪的日子,我只能用夜来掩埋过去。黑与白,都是纯净的颜色,都能帮助遗忘。然而,夜有时是靠不住的,它会在人的记忆里随便翻腾,甚至翻出些早已忘掉的事情,让人在梦里赧然。所以,我觉得既然是冬天,总要下场雪才好。

其实下一场雪,我能看清几片雪花、能接住几片雪花呢?只是渴望看看那茫茫一片的白色而已。你不知道雪后天晴,朝晖或夕阳下曼妙的山岭、蓬松的房顶、直立在雪地里的蒿草和红柳有多漂亮。李国文在一篇散文里写一次在日本看到的雪景,他说:"有一对年老的夫妇,就坐在我的对面,跟我一样,也被窗外的雪景震惊了。老妇人的脸紧紧地贴着车窗朝外看,看着看着,眼泪便涌了出来。良久之后,她对自己的丈夫,甚至也对我说:'这景色真是让人害羞,觉得自己是多余的,多余得连话都不好意思说出来。'"

不仅是雪景可以美成这样,生活中很多很多时候,我都觉得自己不能发出声音来,只想站在一个不遮挡别人视线的地方静静地看着,为生活在一起的阳光、小树、小鸟、小虫和人而感到温暖和满足。

当然,如果下一场雪就更好了。雪地是一场静美。特别是有一行两行脚印伸向远方,更让人感受到旷远与空灵。

残　雪

　　夜里下了一场小雪，有一指深吧，可是大街小巷却完全换了一副面孔，到处一片洁净，高低错落浓淡有致。虽然天气变冷了，行人却满脸兴奋，步行的人走着鸭子步，骑车的人两腿下垂像摩托赛车手，汽车动作文静可喇叭声却比平时严厉了许多——毕竟下雪了嘛，总让人感觉有些不同。

　　可是还没到中午天就晴了，刚到中午雪就化了，只在路的低洼处留下些斑斑驳驳的潮湿。不过残雪还有。心里有点不平：都是一样的雪，为什么有的雪化掉，而有的雪却能存留下来？在大自然面前，我总爱犯自由主义错误，已经成为事实的事情，偏喜欢问这问那，这不好，可是忍不住。

　　别说，这一问还真发现了一些端倪：阳光不到的背阴之处雪还在，这好懂，因为温度不同嘛。可是山顶上也有太阳，为什么雪也不化呢？山的高处气温低，所以雪化不了。那么小树梢、矮墙上的雪为什么也还有遗留？这样跟自己较真儿后的结论是，雪的融化固然跟气温有关，也跟人有关，人迹不至之处雪不容易融化。

可是这样的结论有什么意义呢？我不能以此来断定雪对人的厌烦，或者人类温暖了这个世界。那么，且欣赏这场残雪好了。

好像是乔叶说过的吧，残缺也是美。这话应当不假，残阳夕照、晓风残月、雨打残荷、断碑残简、断壁残垣，甚至风烛残年，无不透露着曾经完美的气息，像维纳斯的断臂一样给人以探寻的线索，在残缺中去想象它们完美时的气象与神采，去推测残存的痕迹与时空背景之间的微妙关系，人的完形欲望在这些残缺面前得到了淋漓尽致的发挥，于是心满意足。

残雪却和这些事物不一样，残雪无法在人的内心恢复为茫茫雪原。残雪的美在于融入，它们与枯黄的冬野，与嶙峋的山峰，与高高低低的房屋，与高大的树和低矮的草，那么自然地构成一幅色彩斑斓的画面，仿佛那里本来就该着上一片白色，这里本来就该点缀一点形状不定的空白。不仅如此，残雪还起到了点染的作用——那些深暗下去的山坳平时很少有人把目光停留在其中，人们更容易看到的是高耸的山峰，可是现在有了雪，而那些残雪偏偏喜爱一条条沉默的山坳，于是一座山才在残雪的勾勒下完整地进入人们的视线，人们仿佛第一回看到一座立体的山：哦，那个山窝窝里还有几户人家呢。

大多数人喜欢赞美雪之洁白，寄寓了纯洁的联想。可是如果色彩不与具体的事物结合，是无所谓美不美的。海边人喜欢蓝色是因为大海是蓝的，草原人喜欢蓝色是因为天空是蓝的，可是谁喜欢蓝色的食物呢？刘心武就说过："人不能接受蓝色的食物。试想这样的一桌菜肴：宝蓝色的酱肘子，蔚蓝色的烤全鸭……"洁白的雪原固然让人惊叹，可是如果没有树林、村庄的点缀，恐怕也难免单调。而残雪可爱正在于此，它和一切事物相互衬托，却不掩盖承载了它的大地、山峰、荒草、冬麦，这一切背景也更扶持了雪的净白。

"霜前冷，雪后寒"，冬天里的残雪与那首歌里唱的"残雪消融，溪流淙淙"的初春不是一回事。从残雪上吹过的风带着透骨的寒意，倒不像风吹过来，而是有个什么东西在把日日笼罩的浊气抽走一样，人似乎渐渐走向真空。这个联想让我在寒风中忍不住一阵颤栗。

　　当然，一切都会如雪融化般过去的。抬起头，天空因这场雪变得洁净而湛蓝，让人不由不坚定对太阳的信念。

冬至轻烟

　　二十四节气中，我最喜欢的，大概要算冬至了。交冬数九，气温还要一天天地往下降，"一九二九不出手，三九四九冰上走"，天气一直要冷到空气凝结，人仿佛在冰里穿行，耳边响着嘎巴嘎巴的碎裂声。冬天还很漫长很漫长，长得像一面看不到对岸的湖，湖水清冽，几棵枯黄的芦苇在此岸飘摇。但是我还是喜欢冬至，因为知道这一天太阳南行触到底端，要开始往回走了。天气尽管冷去好了，白天却要渐渐长了。——和温度比起来，阳光的亮度显得更加珍贵。

　　现在天黑得太早了。

　　下班的路上，经常看到路边有人在烧纸，火光一闪一闪的，空气里弥漫着纸张燃烧不充分的气味。这是一个信号——冬至马上就要到了。这大概是一个普遍现象吧，反正本地有此习俗，就是冬至的时候要祭祖，说是"冬大如年"，可能是天冷了，要送些钱过去，让祖先置备寒衣。那些远离家乡的人，不能回到祖先身边，只好躲到城市的某个街角去烧些金的银的纸铂，还有一些面额巨大的冥币甚至存折。第二天如果早起，马路上就会飘荡着灰黑的纸灰和没有烧尽的残片，空气里还有残留的辛辣。

这给我对冬至的感受涂上了一层灰暗的颜色，明丽的期盼被轻烟呛得要流泪。——缕缕轻烟飘到哪里去了呢？远在异乡的祖先是否能够感受到游子的心情？

家在本地的人，大多要翻山越岭地前往祖先坟前，烧纸，奠酒，摆出祭品，磕头致敬。有时心里想：那座矮矮的土堆里究竟还有什么呢？莫非祖先真的一直住在那里？抑或祖先的灵魂留恋着曾经依附的躯体，一直不曾离去？果真如此，人就永世不能摆脱束缚了。我觉得我的这些疑虑不涉及孝和不孝的问题，因为我一直相信祖先过世以后就成了自由的状态，一直伴随着他们牵挂的人。

孩子问我：为什么要祭祖啊？

我说：表达一下思念吧。

他又问：为什么要烧纸呢？

我说：祖辈留下的一种纪念的方式嘛。

他还问：那你为什么不烧纸呢？

我说：爷爷奶奶他们去世前不让烧纸。

他又问：你不怕他们在那边受穷吗？

我说：不怕，他们不需要这些虚拟的东西。

他默然，活人世界的逻辑是很难解释亡人的世界的。后来他又说：想他们就去看看吧，我陪你。

我低头看着他，说：好。

抬起头，顿时觉得整个世界都笼罩在淡蓝色的轻烟里了，阳光朦胧。我的怀念，无处不在。

那　地

·在海一方·

礁石上固执的海蛎期待滋润
沙滩边迷路的沙蟹期待抚慰
淤泥里流浪的海藻期待回归
我，枯寂地站在海风里
期待你广袤的启示

海潮来了，终于来了
却是为了，跟月亮一个永恒的约定

海 潮

　　我不知道，如果大海没有潮汐还算不算大海。这个问题本不该想，肯定也没有人愿意回答，但它确实是个问题——到底是大海决定着潮汐，还是潮汐成就了大海？

　　在网上看到一段颇有意思的文字："当一只杯子中装满牛奶的时候，人们会说这是牛奶；当一只杯子中装满果汁的时候，人们会说这是果汁；只有当杯子空置时，人们才看到杯子，说这是一只杯子！同样，当我们心中装满成见、财富、权势的时候，就已经不是自己了；人往往热衷拥有很多，却往往难以真正地拥有自己。"这段话听起来非常有道理，可是仔细琢磨琢磨，又觉得有明显的逻辑问题——人的心中装满成见、财富、权势的时候就不是自己了，那么装满宽容、廉洁、善良的时候是不是自己呢？如果什么都不装的杯子才是杯子，那么这只杯子的意义何在？

　　这个问题起源于最近几天不停地跑到海边小山上去采桑叶，站在春意盎然的山坡上眺望大海，心里的疑惑就像身边的花草一样蓬勃，这个问题只是其中的一个。

前天傍晚，和孩子采完桑叶已经很晚了，潮水退出很远，海里的竹岛几乎和海岸连成一体。孩子问：那座小岛有没有可能变成一座小山？我说完全可能，因为我们脚下的小山曾经就是小岛，海水退了没再回来，小岛就变成小山了。我以为孩子会感慨点沧海桑田之类的东西，可是他没有，他用手一指灯火辉煌的街市，说：站在山上看，我们生活的地方还是挺漂亮的。我心里咯噔一下，没跟孩子说——是不是他沉没在街市里的时候觉得那里很糟糕？

这常常是我们心态的真实写照，身在其中，总认为生活百无是处，只有离开或者失去，才忽然觉得原来的一切其实挺好的——我们缺少的是高度，或者时空的距离，是观察的视角和欣赏的目光。然而，我不能把这些强加给孩子，他对生活的理解需要在潮涨潮落中去一次次领悟，否则，会让他认为发生的一切都是必然。生活的乐趣与苦趣，都是在我们不知道是必然而以为是偶然中产生的。

今天早上，天刚刚亮，又跑去采桑叶。大海正在涨潮，涛声响成一片，仿佛争先恐后的呐喊，一浪高过一浪。转过一块巨石，广阔的大海尽收眼底。天色阴暗，潮水也显得昏黄。近处的潮水进进退退，把昨天遗留在沙滩上的一切尽数收回，贝壳、沙蟹，还有被雨水挟入大海的各种弃物；那些石块在海浪中哗哗地翻滚，我知道，每一次翻滚石块都会失去些微棱角，变得圆滑或者圆融。"什么东西是属于你的呢？连我们自己都属于大自然。"朋友的话也在心头被潮水冲刷出来。远处的海浪连成一道道白色的弧形巨阵，从容不迫地向岸边压来，驱赶着那些回撤的小浪重新扑向礁石和海岸。

长期生活在海边，在不同的时间、不同的地点看过大海涨潮，浪大浪小都是大海的景观。但是在这个雨后的清晨，在这座被大海丢下的小山上，我突然意识到海浪与海浪的区别，那是由深度造成的不同宽度、不同气势。

小岛离我们越来越远了，它带着新一天的曙光回归了大海。满潮后的大海，渐渐安静下来，最后一片安然。

赶海去

如果让想法待在冬天里，那么身体也很难走进春天。

也许气温还没有回升到让人放心的程度吧，心里一直告诫自己：春天还没有真正到来，不要相信短暂的温暖。可是周末到郊外走走，发现迎春、樱桃、杏花都噼里啪啦地炸满了枝头，桃花也努着粉红的嘴，一副忍俊不禁的样子——春在溪头荠菜花。说来挺有意思，在城里，即便柳丝翠绿如玉片做成的小串，玉兰花高举像白玉的酒杯，也感受不到春天到来时的那种热烈。

远眺群山，在乍暖的春风里一改冬日里的严肃，宛然一幅欲说还休的朦胧新作，这里一抹那里一抹的颜色，还没有最终完稿。且让造化慢慢构思，我们赶海去！

赶海与看海不同。看海是领略风景，赶海是向大海讨要。大海虽然也受季节影响，但节律与大山不同，它每天潮来潮往，至于给赶海人留下些什么，完全在于它当时的心情。

去的是一片辽阔的海域，海水无边且湛蓝，一条长长的跨海大桥正从一座山的腹部延伸出来。人类对大海的尊敬随着科技的发展正在一天天的麻木。还好，海边洁白的海鸥已经学会忍受嘈杂，一群群地你起我落，悠然自得。在海边生活这么多年，还是第一次看到这么多海鸥群集。只要大海不弃，人就活得特别有信心。

潮水落得很远，不过海滩上实在没有什么东西。一片人工抛填的乱石上长满了海蛎，密密层层的。这些老实巴交的小生命，不愿意跟随潮水进退，只好成为人们捕获的目标。手从石头上抠下海蛎，心里却有些不好意思，觉得很有点老实人好欺负的愧疚。不过大海就只有这点馈赠，怎么办呢？

潮水继续下落，石头缝隙的泥水里露出许多海葵，浅黄色或者粉红色，像一朵朵盛开的菊花。据说这东西做羹非常鲜美，但市场里从来不见出售，只在海鲜一条街吃过一次。孩子本是不喜欢到海边去的，嫌海腥味儿不好闻，加上今天苍蝇比较多，一直嘟嘟嚷嚷不开心，现在看到这么美丽的海葵，兴致一下上来了。我们丢开海蛎子去捉海葵。不过这小东西特别警觉，稍稍触碰，就立即喷出一股水缩到深深的淤泥里去了，忙活了半天，只捉到十几个。被捉到的海葵把触须全部缩进腔里，变成一个拇指头大的小肉球，硬硬的，滑滑的。

玩够了，收拾东西向海岸撤，遇到一位老哥，带着家人也到这片海域来，手里拎着小桶，说是来捡白蚬。我们都笑——几十公里的海岸，竟然在一个小小的点上相遇，看来地球真的变小了；而且，哪里有什么白蚬，以往的小蟹、海蛭都已经销声匿迹了，大海真的很穷了。尽管如此，我们还是感慨大海的博大与丰富，我们边玩边撬，居然弄了一化肥袋海蛎子。靠近大海的人，只要人不偷懒，无论如何也不会空手而归的。

车子沿着山脚的公路行驶，那幅尚未完成的春景图便像一轴长卷，缓缓展开在夕阳中。大自然对人类真的不薄，倒是我们对大自然有点贪心了。

红滩涂

深秋的风走过，不遗漏任何一个角落。它说：这一世繁华，已过。

于是，该枯的枯，该落的落。秋风说的，是大道，世间万物谁都得遵从。不过，不同的事物面对秋风，也有各自不同的理解，枯的颜色、落的姿态，自己说了算。

朋友说，有时觉得自己活得好糊涂。我说，有人靠灵性活着，有人靠本性活着。草木也如此，有的一生只开花不结果，有的开了花还要结果，有的只长一季的叶子连花也不开。

海英草在本地有好几个名字。有人叫它海英菜，因为春天嫩苗可以掐来做菜吃，或者晾干了包包子；有人叫它盐蒿子，因为它生长在盐分很大的滩涂上，那里只有它和矮小的芦苇，别的植物没法生存；我喜欢叫它海英草，在艰难和苦涩中透着几分诗意——一种生长的孤独。

春天的海英草也是柔嫩的、碧绿的。四周一片空茫，僵硬的大地上泛着盐花，浓霜一样。海英草就在那片咸涩的土地上发芽了，长成一棵棵小柏树一样的嫩苗。夏季繁花盛开，蜂鸣蝶舞，海英草在芦苇的层层包围中悄然长大。是的，它的周围一片寂寥，它已经失去了可食的柔嫩，没有鲜艳的花朵，更结不出甘甜的果子，谁还会光顾单调荒芜的滩涂呢。

其实，秋天的滩涂更加荒凉，那里没有任何东西等待人类收获，也没有任何东西可供动物果腹。站在开阔的滩涂上，只有大片大片的海英草陪伴你，只有飒飒的秋风从身边寂然掠过。抬头四望，满眼苍茫。

然而，海英草的秋天却是它们一生中最壮丽的时刻，春天的嫩绿、夏季的翠绿在一场秋风中霎时变成了深红，每一株都红了，像一地摇晃的火苗，烧红了寂寞的滩涂。寂寞的红滩涂，远山凝黛，天空静蓝，夕阳含笑。

一阵秋风走过，该枯的枯，该落的落。海英草在秋风中轻轻摇曳，红滩涂由东向西渐渐沉入夜色。

云，抑或雾

很多年前写过一段小文字，好像叫《无根的雾》，表达一点漂泊感吧。其实本地的云或者是雾，一直在我的心头缭绕，从来就没消散过。

昨天有位同学从徐州过来开会，顺便和本地的几位同学聚聚。吃完饭出来已经是晚上八九点钟了，一抬头，看见不远处的一座山顶上披拂下来的云雾，惊讶地说：那是云还是雾？真漂亮！我说：这里的云和雾是很难区分的，看着像雾，却也能带来一阵细雨，说它是云，又可能在一阵风里飘散。

那云雾真的很美。有的像一幅绸缎，柔柔地从高处滑下来，把树遮起来，把山也遮起来，让人忍不住去想：巨幅的背后在排演着什么呢？城市漫漶的灯光映照在洁白的云雾上，荡漾着橘黄的颜色，亦暖亦凉的，让人想家。有的像一缕飘起的纱，游离在山峰之外，轻轻淡淡地舒卷着，像坚实生活之外的一瞬浪漫、一缕思念，亦真亦幻的，撩着人的心去逃逸。

早晨上班的路上，看到北面的山头又被云雾笼罩了。那云雾一定是从山后面的海上漫过来的，缓缓地向下流淌，那些碧绿的树、翠绿的草和玉白色的石，都变得不那么真实了。特别是云雾的边缘，有的向下有的向上，宛然一山纠缠不清的思绪。干净的晨曦照在云雾上，整座山像从天上投射下来的影像。云雾真是奇怪的东西，能把一座坚硬的山弄得虚幻，弄得柔软，弄得似是而非。

似是而非，是我的心境吧。——是这样的么？不知从什么时候起，面对世事，总会冒出这样的疑问。

早上送孩子到公交站，看到樱花树下的小树丛上开满了粉红的花，逗孩子玩：这种小树今年也会开花了。孩子伸手一摸，那花便掉了，然后很认真地告诉我，那不是小树开的花，是落下的樱花呀。我呵呵地笑，他也笑。我们笑的内容肯定不一样，我的笑意思是就当是小树开的花好了，何必当真。他的笑是什么呢？发现真相的得意，或者知道爸爸逗他的欢喜？父子之间尚且无法确认彼此的情绪，还有多少可以把握的心思或情绪呢。

"春雾雨，夏雾热，秋雾凉风冬雾雪"，这是本地关于雾的谚语，雾在不同季节里也传递着不同的信息。即便是在同一个季节，也未必就是说的那样。昨晚的雾、今晨的雾，留给今天的却是一个晴朗的天气，不是雨也不是热，或许那潮湿而飘忽的东西就是云而不是雾吧。

那些让人心头涌起一阵阵朦胧的究竟是云还是雾呢？这种不确定感有时让人迷茫，有时也让人释然。其中的事理我曾琢磨过很久：科学是要解决问题的，所以追求确定；文学是给心灵以安抚的，更喜欢跟随心灵而流转。科学不是谁都能够理解的，而文学则见仁见智。既然我不想研究云或雾与天气的关系，那就让它模糊着吧，朦胧着吧，像上天赏赐的一首小诗一样，在这种似是而非中感受它转瞬即逝的美丽，挺好。

无根的云

除了早上起来看了半篇中篇小说，一整天几乎都在户外活动。先到一个小山村亲戚家里，看了一圈杏子黄，听了几声布谷鸟叫，又逗弄了一会儿小狗泰迪；然后跑到海边去，夹在远远近近来的游人里，煞有介事地寻找着风景，又陪孩子挖了好一阵沙子，看着他堆起一座雄伟的火山。

天色一直阴沉沉的，偶尔飘下几点乱雨。大约梅雨季快到了吧，要不怎么会有这样的天气。我应该想起"黄梅时节家家雨，青草池塘处处蛙"的，这是我的本分，也更符合眼前的情境。可是没，脑子里一直晃荡着黛玉留下的那两个句子："谁家秋院无风入？何处秋窗无雨声？"如此不对景的诗句，怎么会如此顽固地揪住我呢？

我知道，正如哲学家所说，我曾经历的一切，都"背景性地存在"着，它们会像小草一样在属于自己的季节里发芽。在我不长不短的生命历程里，梅雨季的生活大多是动荡的，比如高考，比如调动，比如远行，比如离别……这个潮湿的季节，让我即便看见蝴蝶般飘浮的虞美人花，也要生出流浪的心绪。

海边有几个人在放风筝，炫技的那种，让风筝上下翻飞，时而掠向海面，时而冲向云端，让人的心也随着高一脚低一脚的。海面上有两只小燕子在翱翔，流线型的翅膀伸展着，或者急急忙忙地拍打几下，一副悠然自得的神情。几个游人在海里踏着水上脚踏车，穿着救生衣的背影一点一点地变小，最后像海水里的一个小小的漂浮物……我静静地坐在沙滩边，眺望远处的码头和更远处的小岛。海轮突然"呜——"的一声长鸣，让我心里不由自主地慌乱起来，仿佛在某个异乡的车站，猛然听到火车进站的鸣笛。

孩子在和他妈妈讨论外出旅游的事儿，说陕西哪儿哪儿都是古迹。我去过的，这个陵那个塔的，却不想多说什么，因为每次看到黄土高原都会想起那首叫《走西口》的歌，哥哥你走西口，小妹妹我实在难留……前几天一位同学从国外回来，说你怎么会安心在一个小地方待着呢，不想到国外去发展吗？我说，就是这样的小地方我都嫌大了，我装不满它。——我害怕漂泊，哪怕是出去旅游。

抬起头，南山笼罩在云雾里，朦胧而又缥缈。我知道那不是雾，是云，这是这个地方得名的原因。不高的山，青青翠翠的，白色的云从上面压下来，把山涂抹成银发的老人，或者从山腰横渡，把山打扮成起舞的小姑娘。那云很有点仙气，永远不肯在山上扎下根，和那些岩石、那些树木、那些花草厮守。所有的云都是这样吧。乘坐飞机穿越云层时，以为会有一个结实的碰撞，结果那些白的、灰的、黑的云迅速闪开，飞机便像一只在雾里穿行的小鸟。

西边的天空露出了玉白色，莫不是天要晴了？头顶一块灰色的云却洒下几个雨滴。雨不过是云的脚印，云永远不可能像我一样坐在某块礁石上，仿佛一切都落定了。云没有根。

想起早上看的那篇小说，作者谈写作的时候说："人是大地上的一株植物。"他还说："我们绝不能在天快亮的时候倒下，不能在饭快来的时候饿死,不能在爱快来到的时候殉情……我们必须一遍一遍地在内心提醒自己,总有一个人会救我们出水火。"瞧这话说的,谁愿意饿死啊!

孩子们的大海

"人不可貌相,海水不可斗量",这是一句很古老的话了,老得孩子们都不愿意听了。别说孩子们不愿意听,连我都不太相信了——海水不可斗量应该还算暂时真理,可是"相人"标准可就复杂了。

得,不说这些没用的了。这不,孩子和好朋友子潇约好,下午要趁着天儿好,出去活动活动,便陪他们到海边转转。

孩子和孩子在一起才是快乐的,两个小家伙一到沙滩上就玩到一起去了,一会儿棒球一会儿橄榄球,早把父母扔到一边去了。不远处就是一座熟悉的小山,想起去年采桑叶时路边的金银花开得那样好,不知这忍了一冬的忍冬花现在是个什么样子。和孩子的妈妈沿着石阶慢悠悠地走上去,路边各种各样的花开得热闹得很,深红浅红地说着自己心里的春天。忍冬已经长得一片绿油油了,不过花还没有开,还要再过一段时间。

孩子妈妈笑我说,金银花到处都是,怎么就这么惦记着这里这几棵。我也说不太好,觉得大自然都是一样好的,但是如果你对某些风景介入得深，肯定就比简单地看看要更有感情。就比如眼前这片海吧，可能给一个游客留下很深的印象，但是要让游客离开以后说出个一二三来，就肯定不如当地的渔民，因为渔民的生活就和海血肉相连。

回望沙滩，两个小家伙玩得正起劲儿呢。他们附近还有许多孩子，都是父母带来看海的，却有的在挖沙子，有的在捡小石头，有的在沙滩上画着自己觉得有意思的图形或者文字，对落了潮的大海似乎没有什么兴趣。我真不知道我那孩子怎么会和子潇如此要好，他们的学习生活中究竟什么地方产生了交点呢？

走回孩子们身边，孩子说：我都在沙滩上画了好几个 SOS 了，你们怎么才来呀！子潇说：你爸爸又不是直升机，怎么会看到你的信号！俩孩子笑作一团。估计他们都玩累了，便开始搭帐篷，好让他们进去休息一下。弄了半天才弄好，他们坐进去分享彼此的饮料和水果。一回头，刚才还退得远远的海水，转眼已经涨到附近了。

海潮一波一波地往海滩上冲，此起彼伏地哗哗响，单调却不喧闹，让人心里感到无比宁静。

有个小男孩儿，四五岁的样子，举起小石头对着海浪扔，嘴里还嘟嘟囔囔：打你，打你！大概在海边还没玩够，海浪却来赶他，他的意思是要把海潮赶回去呢。他的游戏引来更多小朋友的参与，接着一群做爸爸的也加入进来，纷纷在海边打起水漂来。站在他们身后看着，觉得这一群大大小小的人，才是真正跟大海玩儿，不是浮光掠影地观看，也不是掘地三尺地攫取。这时的大海才是孩子们的。

孩子和子潇也加入了。他们在海潮到达的地方划条线，期待着下一个潮头超越。海浪是那样不规则，长一下短一下的，把那些小石头吞下去，又吐出来。每当一个潮头冲过线，两个孩子便大笑着往回逃，再划一条新的线。我问他们有什么发现，两个人同时说：

大海是可以测量的！"海水不可斗量"，可是两个孩子却用一条短短的曲线，量出了大海的脚步。

希望他们能记住这个一起测量大海的春日午后。或许某一天，他们也都接受了"海水不可斗量"的事实，那时他们眼中的大海就不是今天这个样子了，至于他们之间是否会相忘于江湖，谁又能说得清呢。人生就如海潮一样，涨潮时一波一波地涌起，涨满了就平静了；而退潮时大多是悄无声息的。

在海中央

雾霾最重的那天刚好是周末。早上起床以后，一家人望着窗外发呆：这样的天气，怎么办呢？

突然想起了大海，它的净化功能是相当了得的，不论人制造出多少麻烦，最后都会随着雨水送进大海，而大海也最终还你一片洁净的蓝色，只让自己变得越来越苦涩。雾霾也应该可以被大海净化吧？于是决定去海岛。

通往岛上的大堤原来很窄，现在已经非常宽阔，走在堤上绝然无法想象当年海底爆破清淤，然后削山填海的情景了。十几里宽的一片海，硬是铺出一条坚实的路来，你不能不佩服人的勇气和魄力。据说海堤连通那天，岛上居民一下买了上千辆自行车回去——从此，出岛进岛不用苦等小舢板了。可惜的是，我经常独坐的那片小海，从此失去了海的脾性，变成了温顺的湖。

大海果然神性。一下车，就看到头顶的蓝天了。回望大海以外的城市、码头和山林，都还在烟雾中载浮载沉。

许多渔船在海湾里静静地停着，船上的国旗在风中招展。蓝色的大海,古旧的木船,鲜红的旗子,一幅宁静的海岛晨景。孩子和他妈妈一边忙着拍照,一边唠嗑:这种木船再过几年可能就要消失了。是啊,现在什么都变化太快,山坡上那些红瓦石墙的民居,已经被高高的楼房取代了,只有那些竹竿和渔网还散发着怀旧的气息。怀旧,是一个时常萦绕在心头的词语,越是变化得快,越是忍不住回忆那些消失的东西。

冬天是旅游淡季,岛上人不多,鱼市也不热闹。我们沿着一条小路来到小岛的另一侧,那是真正的大海,海风从远处吹来,海水刚刚退去,礁石上还留着海水的痕迹。两个小小的孩子在一块泡沫上插一根小木棍,在海边开小船玩呢。一大片石头被海水冲刷得纹理清晰,宛如一幅笔墨随性的岩画。大自然对人类的馈赠是毫不吝啬的,任何一个场景或细节,只要我们静心去看,都是那么精致、完美,给我们留下了广阔的空间以融入自己的生活和情绪。但是我们太逞能了,喜欢像小狗对着壁画撒泡尿一样,有了痕迹就认为一切都是自己的了,然后毫无章法地创作自己的作品。

一只海鸥不知从哪里突然飞出来,在苍茫的天空和辽阔的大海之间翩然远去。海天原本是连在一起的,那只海鸥就像一支画笔,缓缓地画出一道曲线,把人的目光一下子就拉远了,不再盯着海边的小蟹,也不再为脚下乱糟糟的杂物而心烦,试图去探索海的另一边。

我指着岛的北坡对孩子说,当年这里曾经有一所中学和两所小学,我经常要从山坡上的小路步行去学校,路边的小花小草很多,还有人家在坡上晾晒虾皮呢。孩子问:现在学校呢?我告诉他:都撤了。海堤通行以后,岛上很多人家为了孩子上学搬进城里,学生少得不够开班了。都走了,这座岛不就只为游客准备了吗?孩子的思维方式总是简单化推理,其实岛上还有很多老人呢——老人在哪里,孩子的根就在哪里。我告诉他,刘亮程说过"当我在生命的远方消失，我没有别的去处，只有回到你这里——我没有天堂，只有故土"。不知他对故土能理解多少，至少他可以想象得出大海中央这座小岛和外面世界的联络是不会断的，像一张巨大的渔网，或者一条生动的八带鱼，小岛是网的纲、鱼的头。

东岛过不去，在修路呢。最后转到岛的西部，一海湾挨挨挤挤的渔船，大的小的、新的旧的，船的面貌，就是主人的生存状态。小小的一座海岛，也是一个五脏俱全的社会呢。

和孩子约好，什么时候到岛上去住一晚，第二天带他去看日出。——一轮红日从苍茫的海面升起，即便有雾，也应该是波澜壮阔的景象！

生活拾贝

我们的生活不可能是一个完整的、连续的故事,而是由许许多多碎片连缀起来的一个小册子。你不能要求整本故事都繁花似锦或者金光满地,但是,那些温暖如春的碎片,也可用来喂养自己的灵魂,就像我们无法拥有浩瀚的大海,却可以捡拾几枚美丽的贝壳,采撷几朵洁白的浪花,以此来安慰对大海的思念与无奈。

1

最近天气比较暖和,但雾霾也很重。

连续几天早上骑车往单位走,发现头顶的天空是那样蓝。环视四周,依然雾蒙蒙的。但是,雾霾在朝阳的照射下,泛出粉红色的光。整个天空像一片宁静的湖,中间是蓝蓝的湖水,周围是浅浅的沙滩,天与地接的地方是起伏的小山,还有墨绿的树。大地仿佛倒映在天湖里。

奇妙的是,我走到哪里,那片蓝色的湖就跟到哪里,周围依然是沙滩、小山和树，偶尔有一只小鸟飞过，而我宛在水中央了。

能在雾霾的围困中，看到头顶有一片清澈的蓝天，这是一种幸运。如果抬起头来，我想，谁都会发现这样一片天空。

2

那天坐 BRT 从外地回来，车刚走了一站，遇到邻居大哥大嫂上车，赶紧让座，彼此谦让了半天——要是被鲁迅先生看到，不知又要说国人什么什么了。

一位俄罗斯大妈坐在朝后的座椅上，平静地看着我们，没有言语，也没有表情。我不知道，如果在俄罗斯，这样的举动是不是多余，在中国还是必要的，因为车上的人很拥挤，拥挤得像我们的城市，不相互谦让些就要撞车。大妈那双蓝灰色眼睛真好看，让我想起符拉迪沃斯托克晨雾中的海湾。或许她不明白眼前发生的是一个什么样的事件，但是看向我的目光依然那样柔和而慈祥。

我一直站在她的边上，她的对面是一位俄罗斯大叔。

过了开发区，有一个外国专家小区，他们要下车。大妈需要从车里一个高高的台子上下来。我下意识地伸手去扶，又怕她们国家不喜欢这样的帮助，于是只做出搀扶的样子，手已在半路上停下来。大妈微笑了一下，一边从我身边挤过一边轻轻地说：谢谢。用的是汉语。

原来她什么都明白呀！她的感谢并不是因为我帮了她什么，而是对我一时善意的首肯吧。善意似乎比善行更容易做到。

3

天已经黑很久了，还没到下班时间。从窗口望出去，街上灯火辉煌。大街小巷里的车灯在浑浊的暮色里拖着长长的尾光，让人想起小时候深秋初冬时节,夜晚南飞雁阵的鸣叫。这些游走着的灯光,载着疲惫了一天的人回家。在这小小的城里,家家户户开门的那一瞬间,该有多少有趣的场景啊。没有办法一家一家去考察,单是想想心里已经温暖了。

有天晚上,一边吃晚饭一边和孩子一起看《好运查莉》。查莉的父母因为在商店买东西排队的事儿闹别扭呢,发誓不再和对方说话。几个孩子想晚上在家里开个Party,想方设法哄父母和好,让他们按计划去宾馆度假,给他们腾出空间和时间。可是父母双方都在计算二十年来自己主动道歉的次数,那种孩子般的认真劲儿,谁看着都会忍俊不禁。

让我感觉美好的,还不是家庭成员之间的自由与风趣,而是他们向对方表达不满时也透露着的平等与在意。那才是真实的生活呢,不像一些作品里,要么一团和气,要么唇枪舌剑,甚至家人之间也要用尽心机。生活是一种智慧,可惜,我们经常误把心机当作智慧。

4

《狼图腾》中有这样一段描写:"宽阔的湖面倒映着朵朵白云,亮得耀眼,一群胆大的大雁绿头鸭,又从北面沼泽飞回来。倒影中,水鸟们在水里穿云破雾,不一会儿又稳稳地浮在水中白云软垫上。"这是六十年代内蒙古大草原上即将被人类侵扰的原始天鹅湖。读这段文字,心里一直荡漾着透明的喜悦,但是也有不安的波纹在一波一波地撞击,因为知道这样的地方肯定不会逃过人类猎奇甚或贪婪的眼睛。

果然,人们装着先进的观念来到了草原,观念扛着先进的武器进驻了草原,偷鸟蛋,吃天鹅,猎狼群,诱旱獭,草原上的一切都被颠覆了,连长生天也叹息奈何。那位老阿爸站在高高的山冈上流下了浑浊的老泪，唱起了带着狼声的童谣。陪着他流泪的，还有一个汉族的小伙子，是位懂得草原狼的知青。

我去过大草原，走过广袤的草场，看过河流肠曲的额尔古纳湿地，还有那些让人心魄摇荡的野花，所以能够理解美被撕碎时的感受。可是，旅游难道不是一种观念的入侵、脚步的践踏吗？我为所谓的文明而脸红，更为打着文明旗号而侵扰别人灵魂的行为而羞愧。其实，强权或者所谓文明与能力、文化根本不是一回事儿。

因为喜爱，所以伤害，因为憎恨，所以伤害，因为无所谓，所以伤害——生活中，这样的悖论该如何消弭呢？人类活该没有动物相伴，活该没有植物相伴，活该没有人相伴，在自以为是中去忍受孤独与僵硬。所以，我不再抱怨雾霾，不再抱怨拥挤，不再抱怨冷漠——这一切的产生，也有我的份儿啊。

·黑土幽香·

如果月光里有种子
黑色的山岭和草甸子里
就能开出一串串小月亮
开出成群的嫦娥和玉兔
让那些无家可归的汉子
多一份念想

洁白的雪和云
是你喜爱的面纱
等待春风缓缓揭开
看大地的嫁裳　哦
绿的树和红的花

黑土地的味道

一盘炒得黏糊糊的菜，在桌子上转来转去，却没有什么人在意。我轻轻地夹起一块放进嘴里，几十年前留在记忆里的味道立即复活了。——东北的老豆角，东北的黑土地！

小时候，东北的许多食物都吃得我眼睛发绿，大碴子、小米干饭、各种做法的土豆……只有豆角吃不腻，淡淡的香甜里透着黑土地的味道，厚实而淳朴。记得从东北回关里的时候，妈妈专门儿收集了一些豆角种子带着，种了，豆苗长得挺好，可是一到要开花的时候豆角秧子的头就打蔫儿，结不出一根豆角，不知是土壤的问题还是气候的问题，一方水土养一方人，什么地方长什么东西，一点都没错。

关内有一种豆角与东北豆角长得挺像的，叫梅豆，可惜和东北豆角的味儿完全不一样，微甜里带着豆生味儿，关键是没有那种肉肉的质感。生活中许多东西都有它的替代品，但是一旦关涉情感，就无可替代了。

从机场往长春市区的路上，接机的导游讲了关于黑土地的珍贵，说是世界只有三块黑盖土,俄罗斯、瑞士和中国的东北;还讲了东北的长冬、农民悠闲的生活方式和二人转的沿革。我觉得大致是不差的,但是和现实的情况并不完全一致,有很多艺术化的成分。我静静地听着,心里默默地笑:你在忽悠这些南方人呢,哪里有你说得那样好!但是我不想去指正,因为生活与对生活的记忆本来就是不同的。东北的农民冬天的确不能种地,但是也不可能像小猫一样在家里"猫冬"。我小时候放寒假,除了完成寒假作业,还要上山捡干柴,拖着爬犁捡牛粪呢,开学以后学校要收,这也是寒假任务。

她还讲了冬天的寒冷,说是在野外小便要不停地用棍子敲,要不就冻起来了。这是为了增加传奇色彩,其实不可能。冷是真的,有人抓到老鼠,把老鼠尾巴摁在金属或者石头上,吐口唾沫,一下就能把老鼠固定在那里团团转,最后活活冻死。这是我亲眼所见。可是我更想说的是,在这样寒冷的漫漫寒冬里,东北人还要生活,而且要活出自己的味道,因此有了炕头文学二人转,甚至小品之类的逗乐儿小段子也产生于特定的气候里。不能不提的还有大秧歌,东北土话叫"拧大秧歌",那是一种爆发式的释放,是对严寒的抗争,因为那条扭动、盘旋的长龙,每一个成员都充满活力,都要穿很薄的衣服,都要扭出一身热汗。

赌博也是那些不外出伐木的老爷们儿,聚在一起赌得天昏地黑,连续多少天不回家。我没有见过,听说玩的主要是"牌九"。多少老娘们儿因此和家里的"掌柜的"干仗,打得头破血流。东北管赌博叫"耍钱",传说特别多。说是有一个外屯的人来赌钱,本屯的人整不过人家,钱全输了。赢钱容易,赢了钱想平安撤离就不那么容易了,大家一起把这个人纠缠住,那意思一定要把本儿捞回来。这个人没有办法,一个礼拜都没脱身。最后说要上厕所,把很多钱扔在桌子上就出去了。他在厕所里点了一根烟插在墙上,人悄悄溜走了。跟着望风的人等半天也等不出来,进去一看才知道人家早金蝉脱壳了。东北人有个特点，人家有本事走，你得服人家，以后决不寻仇。警察也抓赌，于是关于赌徒和警察斗智斗勇的故事也很离奇。

东北的事情，只靠听是没有用的，浅浅地走一圈儿也只能知道点表象，深厚的内容全部长在油油的黑土里，然后被几尺深的白雪覆盖。多少代人就是这么过来的。

奔跑的原野

我一直渴望,有一片让我自由奔跑的原野。

1

我曾经拥有过这样的原野的。

春天到了,一群孩子挽着篮子去剜野菜。去哪里好呢?那么广阔的原野,孩子是缺少判断力的,那么扔剜刀吧,刀头指向哪个方向就往哪里去。其实每个人心里都有自己向往的天地,你可以想象一群孩子扔了又扔、难以委决的场景充满多少喜乐。后来看《走西口》,两个大男人扔鞋子决定命运的场景,让我产生会心的微笑,接着又心头潮湿——毕竟,他们不是去剜野菜,而是去找生路啊。

东北的春天来得特别迟,当沉重的冬装褪去,脚步轻快得总想飞起来。那些绿油油的野草、色彩斑斓的野花从黑色的泥土里冒出来,一副一发而不可收的架势。山林里到处都是鸟鸣,优雅的、婉转的,也有粗粝的、恐怖的,在林子里回荡,你不知道那叫声到底是从哪里飞出来的，最终又落入何处。有时阳光静静的，原野静静的，人也走得无声无息，突然暴出一声嘎嘎嘎的鸟啼，怪怪的，吓得人头发哗地一下全竖起来。那些长着无数眼睛一样树斑的白桦树，清秀而幽深，一眨一眨的树眼让人产生无数联想，新奇而又慌乱。一个人加快了脚步，几个人都跟着小跑，最后便一窝蜂似的逃窜了。村口遇到父亲，看见我们跑得上气不接正气，就笑了：又让自己吓到了？

2

特别喜欢初夏的原野。

芦苇已经长得密密层层的了，许多不知名的水鸟躲在里面生儿育女，咚咚咚，叽叽嘎，不知在里面说些什么——大片的芦苇是一个神秘的世界。麦子已经开始秀穗了，在微风中波浪一样起伏，安静得让人想家，想妈妈。突然一只云雀从麦田中央拔地而起，叽叽喳喳地一路欢叫，垂直地升上云端。停下脚步看它快速地扑腾翅膀，看它的身影一点点变小，最后倏地一下落下来，又没入麦丛里。笑笑，知道自己又发了很久的呆。

小河边的水草茂盛，有无数颗露珠在阳光下闪闪烁烁。咚的一声，一只青蛙划一道弧线从岸边跃入水里，还抛下一串水尿在空中闪亮。仔细看去，一条水蛇软软地在水面翘首摇摆着，可是它捕猎的目标已经逃之夭夭了。远远地有母鸡生蛋的咯哒咯哒声传来，不论是谁家的鸡叫，都是家的召唤。沿着乡间小路一路小跑回去，无数只青蛙受了惊吓从草丛里咚咚咚地跳进水渠，把头扎进油腻的泥土里。那时河水很清，你可以看到溪水里发生的一切故事。

3

秋天的原野对于孩子来说是懒散的。

大人们呼呼啦啦地抢收他们一年的汗水，孩子们却可以轻松地捡拾他们粗心的成果。把背篓放下来，用镰刀勾起可疑的苞米秸或者红豆秧，一颗金灿灿的苞米穗、一串鞭炮一般的红豆角赫然眼前。捡拾的喜悦常常比收获更强烈。背篓满了，或者心里懒了，就倚在新割倒的苞米堆上闲扯，浓浓的庄稼味混合着明丽的阳光，让人有些想睡，或者打一个响亮的喷嚏。兴致好的时候会去掘鼠洞，把这些狡猾的小动物储存好的冬粮据为己有。运气好的时候可能在某个枯树根下发现松鼠的巢穴，那就要忙碌起来了，因为掏出来的粮食可能要用麻袋才能装完。孩子的心思是单一的，即使知道这些小动物可能会因为缺粮无法度过漫长的严冬，也不会产生太多的自责，因为粮食是我们种的。

山林里各种果实都熟透了，学校会组织上山去搞小秋收，榛子、核桃都要，有时也去采摘山葡萄、五味子，挖刺五加的根。一大群孩子像蝗虫一样扑向山林，瞬间消失得彼此不知在哪里，只听到叽叽嘎嘎的说笑声。老师在一棵高大的树梢绑上红旗，作为我们回归的标志。采多采少，老师是不介意的。我们在山林里奔跑的时候，老师会到田地里捡拾没有收净的大豆秧，等我们回来点火烧掉，然后让我们从灰堆里找食烧熟的豆粒儿，吃得每个人嘴脸乌黑。回家的路上要拉歌，班级与班级之间比赛。那些歌儿如今已经老得不成样子了，但没法忘掉。

4

冬天的原野一片白茫茫，阳光好的时候晃得人眼晕。

除了溜冰，拉柴草是日常活计。没有人拒绝这样的劳作，因为劳作与玩耍那么自然地融于一体。

空爬犁经常就是我们的玩具。遇到下坡就坐上去，风驰电掣地往下冲，比赛谁冲得最远。有时方向控制不好，一头就钻到路边的雪窠子里。不过没关系，有积雪的保护，受不了伤。

关于树种的许多知识，都是在拉木柴的过程中学到的。

那些千奇百怪的树种、树形，让人产生无数的想象，这棵像一支巨大的弹弓架，那棵像一个犁的辕，还有的像个漂亮的女孩，或者受伤的黑瞎子……进山是有禁忌的，不能坐在大树根上，不能说"倒了""砸了"之类的。自由的想象和神秘的禁忌，共同织成了一张无边无际的网，笼罩在我少年的山林上空。

5

如今，那些让我自由奔跑的原野都已成为记忆了。

我时常望着灰蓝的天空和灰白的云，心想怎么就找不到足够辽阔的原野了呢？是眼界变宽了，还是天地变窄了？回到曾经奔跑过的土地上，发现当年要跑很久的乡村小路，现在不过几十步就走到尽头了。

冰心说"墙角的花／你孤芳自赏时／天地便小了"，这很值得我警惕。和天地相比，人还是渺小一点好，否则再辽阔的原野，可能也找不到奔跑的感觉。

遥远的河

我相信，任何人的生命里都有一条河，正如人们所说的那样，她像母亲一样哺育你、滋润你，让你在她的怀抱里顽皮并留下一个个永远无法忘怀的往事。她脉脉地看着你成长，轻轻地哼着曲曲折折的音符，昼夜不停，让你的声音也像她一样。

她没有长江黄河那么博大，甚至等你长大以后觉得那就是一条很宽但并不起眼的浅水滩，河底毫无规则地铺满大大小小的鹅卵石。可是那河水里有东西，只是每个人看到的东西都不一样。

还记得你曾经扔进去的一块小石头吗？你只是想看看石头落水时激起的水花，可是河却接纳了那块石头，仿佛是你送给她的礼物，小心地珍藏在心底，每天轻轻地抚摸，直到石头变得旧了，老了，失去棱角，长满青苔。你想过要去寻找那块石头吗？唉，一定已经忘了，你也老了，河也老了。但那块石头还在，硌得河心里酸痛。

啊不，河是不会老的，清澈的河水哗哗地淌，就像河边的孩子一茬一茬长大，又一茬一茬老去，而每一茬孩子都觉得那条河是新的，似乎专为他们而来。那一滩的鹅卵石，就是每个孩子丢一块石头聚起来的吗？

也许那棵老柳树还在。树根下面的泥土已经被河水淘空了，根须被河水浸得发白。你颤悠悠地站在树根边上，双手搂着树干，问父亲：它怎么还不倒呢？父亲说：怎么会倒呢？我小时候它就这样。你又问：这是谁栽的树？父亲说：老天爷栽的吧？它是河的一根睫毛。你说：哇，河的眼睛好大啊！父亲说：是啊，河能装得下天上的云、地上的山，还有河边所有人的幸福和忧愁。你问：它的头在哪里？远着呢。那，它的尾在哪里？远着哪。真是不可思议，你还以为这条河只属于一个村庄呢，原来她走了那么远的路来，还要走那么远的路去。

你知道这条河里有鱼，白鲢子、柳根子、鲇鱼、胖头，还有蝲蛄。"棒打狍子瓢舀鱼"，村里的老人都爱念叨这句老话，说以前河里的鱼多得要垛起来。但是你不知道这些鱼是生于此地，还是来自遥远的地方，更不知道它们最终要去向哪里。那些鱼多么奇怪呀，在哪儿待着不完了嘛，干吗要这里游游那里游游呢？你从远方回到河边，突然想起小时候的困惑，而更突然的是你竟然就明白了——鱼在水里游过，就跟人从时间里走过一样，水和时间里没留下痕迹，痕迹都留在人和鱼的身上了。水里只留下波浪般零零碎碎的记忆，而记忆是看不见的。

火车隆隆地驶过，不知怎么就触动了你的神经，梦里喃喃自语：大河化冻了……

你已经远离那条叫蚂蚁河的大河很久很久了。而且至今不知道她为什么叫这么个名字。父亲已经走到时间的远方，你没有办法追问。

黑木耳

最近经常下雨,看着飘忽的雨线,突然想起这样的天气特别适合黑木耳生长。本地没有野生的黑木耳,但是长期无人行走的草丛里会长出一种类似黑木耳的菌类,这里人叫它"地皮"或者"地蓁皮",学名应该叫"地衣"吧。下雨了,拎个篮子去捡拾,回来淘洗干净,和韭菜或者鸡蛋一起炒,有着很浓的乡土味儿。

东北黑木耳多,大多长在用来圈院子的篱笆上,特别是用臭李子树做的篱笆,更爱长这种东西。下雨天,我们喜欢拿只搪瓷茶缸围着篱笆转,很快就能摘到一堆。黑木耳的做法和这里的地皮差不多,但比地皮更硬一些,吃起来咯吱咯吱的。父亲在世的时候特别喜欢吃黑木耳,我们也就更喜欢去寻找,经常弄得满身泥水,看父亲吃木耳高兴的样子,心里说不出的欢喜。

不知为什么,对父亲的记忆总是在夏天的傍晚。一场雷雨过后,天气很快放晴,西边的天空一片明丽,东边常常有一道巨大的彩虹,山林墨绿而沉静,空气里到处都是花草树木的味道。场部的大喇叭常常在这个时候发通知,先呼呼地吹两下,然后那位张大爷用带着山东口音的东北话说：今儿晚上有电影，——杜什么？啊，《杜鹃山》……母亲早早把黑木耳炒好，看着我们吃。她不太喜欢热闹，说你们去看吧，我不去。我们劝不动，要动用父亲才能劝她和我们一起去。母亲不去，看电影就只有情节，没有电影以外的味道。

去年夏天去了一趟东北，但是没去成黑龙江，时间不够。从那里回来时，带了一包压缩的黑木耳干，一块一块像火柴盒，吃的时候要用水浸泡，然后它们就恢复了鲜活的样子。可惜怎么也吃不出小时候的那种味道了。

特别喜欢黑木耳的这种特性——天气晴朗干燥，它们便干缩成指甲大的一小片，紧紧地附在木头上，一旦下雨了，它们很快就会舒展、长大。到内蒙古草原玩儿的时候，当地人劝我们多吃黑木耳，说这可是好东西啊，都是活性菌，最好是凉调，不破坏营养。

吃着黑木耳，听着这些话，嘴巴里有点涩涩的。要是父母健在，现在黑木耳可以常年吃到，他们喜欢多少我可以弄到多少，干干地收着，想吃就泡一些，很方便。那些黑木耳干到水里就会复活，鲜亮鲜亮的。

人要是能跟黑木耳一样，就好了。

那片白桦林

又要去看白桦树，心绪却有点低落——从小在白桦林里穿梭，砍下柔韧的桦梢扎成扫把扫雪，对白桦太熟悉了。熟悉就没有风景，更确切地说是没有欣赏的欲望，这种心绪经常让我对自己很不满意。我想有这种苦恼的人也不止我一个人，因为它符合审美原理。可是，就没有办法突破这种心态吗？应该有的，对风景自然是喜欢陌生的，而对人则似乎理愿意接近熟悉的。这样想着，我对再次走近桦树增加了不少信心。

兴安岭的确是林海，刚刚走到边上，就被铺天盖地而来的原生林吓了一跳，从树的缝隙间望进去，阴暗潮湿的林子里生长着各种各样的树木和野草，它们按照各自的习性分布在最适合生长的环境里，朝阳或背阴、高处或低处，大自然的生存规律似乎比人类更加严谨，让人为之叹服。

北方的树木大多是挺拔细高的，因为一年中可以生长的时间很短，来不及旁逸斜出，都直截了当地奔着阳光而去，就像饥饿的人只想着食物。已经有桦树了，零零散散地夹杂在各种树木中，因为白，所以很显眼。当地人说，白桦树都是原生的，不可人工培植；还说它们是森林卫士，它们在一片土地上出现才可能让其他树种来此落户。这个说法我相信，因为小时候在东北见到的白桦树大多是在林子的周围，它们倒下的腐烂的身躯旁总有其他树种开始生长。

越往林子深处走，树木也越繁密，品种也越丰富。在一片叫红豆坡的地方，大家停下来去寻觅北国的红豆，据说那是男人思念妻子的泪珠，和南国红豆是遥相呼应的。其实它们不是什么红豆，不过是一种小灌木上生长的果子，季节还不到，都是青的。倒是与红豆共生的杜香让人惊异，大片大片的，用手抚摸一下针状叶子，满手余香。

经过一片松林时，说是有蘑菇，大家停车跑到林子里去采蘑菇。踩着松软的松针，闻着松树的香气，遥远的记忆瞬间复苏了。

小时候，傍晚一场阵雨过后，天边挂着巨大的彩虹，父亲就喜欢带着我们去采松蘑。滑溜溜的松蘑很肥，很快就能采一背篓，回来洗净，放到开水里焯一下，用绳子或者铁丝串成串，挂到屋檐下风干。这片松林不是很深，里面的蘑菇不多。开始大家不敢采，怕有毒，于是我又演示了辨别的方法，找一朵快要烂掉的蘑菇，掰开来，让大家看里面是否有小虫子。蚊子又多又大，叮得人无法抵挡，匆匆采一点便落荒而逃了。

到了车上我才想起来，如果用柳条编一个环戴在头上就可以驱蚊了，说了当年父亲告诉我的这条经验，结果被一顿责骂，说我是马后炮、事后诸葛。他们哪里知道，我的心思当时并没在采蘑菇上，而在往事里游荡呢。

终于到白桦林了。我以为我一定会很淡定，因为从小见过，而且在长春时也专门去看了白桦林。可是从车上一下来，我便傻了，我从来没看过这样的白桦林——没有一棵杂树，无边无际。怎么可以有如此纯净的原始白桦林呢？它们是如何拒绝其他树种进入的呢？我无法理解，也讨不到答案。人家告诉我：喜欢就看吧，以后你很难再看到这样的景象。我看过没有杂树的松林，还从来没看过这样单一的白桦林，不知道该如何表达对这些白桦的惊喜，不停地在树的间隙里走，似乎是想弄清它们究竟有多少；我用手轻轻地抚摸洁白的桦树皮，感受它们的细腻和洁净。我知道，树林和人是一样的，包容与丰富比较容易做到，而单纯与洁净是很难做到的。

　　流连了很久，拍了很多照片，最后不得不继续前行。车子在林子中穿行了很久，我用目光一一与白桦树道别。哗啦一声，我们冲出了树林，眼前是森林与草原的过渡带，山丘的一侧是树林，而另一侧是草原，分界十分清晰，导游说当地称之为"阴阳头"。那片纯净的白桦林依然是在大森林外围的，它们以纯洁的团队护卫着浩瀚的林海。

　　写白桦林的诗应该有很多，白桦林是适合写成诗的，可是我最喜欢的还是朴树的那首歌：

　　　　长长的路呀就要到尽头
　　　　那姑娘已经是白发苍苍
　　　　她时常听他在枕边呼唤：
　　　　来吧，亲爱的，来这片白桦林……

车轱辘菜

"车轱辘菜,马驾辕,老李家的媳妇会耍拳。"这是我们小时候唱给车前草的歌。

车前草,东北话里叫车轱辘菜,就是那种爱生长在路边辙间、叶子像汤勺的野草。大概正是因为它喜欢生长在车轮经常碾轧的地方,所以才被取名车前草或者车轱辘菜的吧。至于为什么将它和老李家的媳妇揪扯到一起,我们这些唱过儿歌的人并不明白,有人编出来,我们就唱着玩儿吧。而那个老李家的媳妇会耍拳,却让人颇费思量,莫非这首儿歌是颂扬老李家媳妇武艺高强的?那么前面从车轱辘菜说起,就是古代诗歌里常用的"兴"的手法了,相当于《诗经》里的"关关雎鸠,在河之洲"或者"桑之未落,其叶沃若";甚或还有些"比"的意味,暗指老李家的媳妇生命力强大,身为弱女子而不畏强敌?真的说不明白了。

当时流传的版本有两个,另一个末一句是"老李家的姑娘会耍钱",但是和车前草似乎又很难扯上什么关系。儿歌嘛,顺口押韵就成,并无什么逻辑和深意,不过是回忆起来很好玩罢了。

车前草习惯于被践踏、碾轧，叶子被马蹄、牛蹄踩得千疮百孔，蔫塌塌地伏在地上苟延残喘，可是一场雨过后，又生机盎然、叶片昂然翠绿，让人觉得真是一种命贱的野草。但是它的药用价值却令人刮目。资料上记载它"清热利尿，凉血，解毒。主治热结膀胱，小便不利，淋浊带下，暑湿泻痢，衄血，尿血，肝热目赤，咽喉肿痛，痈肿疮毒"。遇到有孩子小便出故障，妈妈会告诉人家去捋点车前种子熬水喝，可见对它的认识已经是很早的事了。

　　《诗经》第七首《芣苢》写的就是古代女子采摘车前草的事情：

采采芣苢，薄言采之。
采采芣苢，薄言有之。
采采芣苢，薄言掇之。
采采芣苢，薄言捋之。
采采芣苢，薄言袺之。
采采芣苢，薄言襭之。

　　江阴香译注的《诗经译注》中说"国家风俗仁厚，百姓们都被教化，共乐和平；所以妇人无事，大家去采野菜"。车前草是否可以食用不清楚，但是根据古老的民歌可以想象得出，那是一幅多么和美的图景：轻风吹拂，一群女子为食或是为药，在原野上边采着车前草边唱着歌，宛如现在的采茶女，古朴、纯净的生活在简单的铺排中如在眼前。

　　让我感到奇怪的是，大凡植物多是逃避伤害的，为什么这种野草喜欢生长在牛马道边呢？难不成它们的宿命就是被动物践踏、嚼食？大自然总是喜欢整出许多谜来让人思量，而在奇怪和思量中渐渐悟出生活的真谛——践踏可以让一些生命瓦解，也可以让一些生命焕发出自己的光彩。车前草就是这样，践踏不已，生命依旧，它以被损坏的形象昭示生命的坚忍。所以，每次听到车前草这个名字，想起那首儿歌，我总是习惯性联想到马前卒，那些明知不能成功还要为理想奋不顾身的人，那种把自己当作祭品的牺牲精神。

老马的泪水

"杀猪般的嚎叫"常常被用来形容人声嘶力竭的喊叫。喊叫是因为肉体或者内心有痛苦，猪被拖上案板时的嚎叫是一种绝望——屠夫怎么可能因为猪的嚎叫而放下屠刀？可是猪并不知道人心的坚硬，依然用嚎叫表达着自己那个时刻的情绪。然而并不是所有的动物都不懂那就死的声音。

很多很多年前了，在东北看过一次杀马。一匹老马病得不行了，不能再干活了，林业队放出话来：谁能杀，马肉就归谁。这样的话里已经包含了很多的不忍——一匹马拉了一辈子车，最后却要杀它吃肉，谁下得了手？不过，还是有人能的。有俩兄弟，无父无母，光棍两条，听说以后就去把马牵往大河边宰杀。那时候我们小，都跟着看。

林业队杀猪、杀羊是常有的事，这些动物都是不用干活的，养着就是留着杀肉的，当地人叫它们"菜牲口"。可是杀马还是第一次见到。老马瘦得走路都打晃了，它大概还没弄明白为什么卧槽这么久了，突然又把它牵出来，只好艰难地跟着走。到了大河边，它似乎有些意识到了什么，努力地向后退，不肯下到河滩里。那俩兄弟又拉又推，才把老马弄下去。然后用绳子缠住马腿，用力地拉，试图把老马绊倒。可是老马四蹄撑开，竭力对抗，失去了光泽的鬃毛瑟瑟发抖，失神许久的眼睛里突然闪出蓝莹莹的光，接着，两行泪水顺着长长的脸颊一点一点地洇开来。不知道谁小声说了一句：马哭了。我们的目光一下就被那双泪眼吸住了，一种当时还说不清的酸楚在喉咙里哽着。那个做哥哥的看绊不倒老马，突然挥起劈木柴的大斧头向马头砸去，老马的太阳穴一下喷出一股浓稠的血柱，老马随之轰然倒塌。大多数孩子哭喊着跑开了……

我想那弟兄俩在没有观众的河滩上剥皮、剔骨，一定也经历了痛苦的心理过程，原计划拿来卖钱的马肉也不卖了，傍晚时分一家一家地送马肉，说是让孩子们尝尝。有的人家收了，很多人家不要。记得父亲对他们说：我们家不吃马肉。

当时那里已经是深秋了，庄稼基本收完，经了霜的山林青一块紫一块地铺展着，到处都很安静。天很蓝很蓝，几缕晚霞在天空随意地缭绕出毫无规则的图案。一抹夕阳落在父亲花白的短发上，衬得父亲满脸灰暗。

后来经常看到杀猪、杀鸡，都是挣命地嚎叫。我就会想起那匹老马，奇怪为什么它一声不响呢？不是说老马识途吗？它应该知道自己走上的是一条死亡之路，可是它的反抗似乎只是象征性的。我放过马，知道马的嘶鸣是非常雄壮的；我也看过马"毛了"（受惊）的威力，拉着车子可以把砖墙撞塌。后来经历的事多了，渐渐悟出了一些原因，或许那匹老马早就意识到自己的下场了，简单的反抗不过是一种本能，心里怕是早已认命了。

老马棕褐色，四肢很高，因为久病身上的骨头历历可数。它是一匹母马，一生应该产下不少好马，不知现在还有没有它的后代活在这个世上。但它的两行泪水一直留在我的记忆里,每每因为一些事情想起它临终的神情,渺茫听到老马哑哑的幽幽的哭声在空旷的河滩上彷徨。

东北话

那天一家人到一间饭店吃饭,听到背后的桌子上传来一位女子的声音:各位大哥大姐,这一杯我是替我老姨敬大家的,我干了!这一杯我是替我爸我妈敬大家的,我干了!这一杯我自己个敬大家,我干了!满口的东北话引起了我的好奇,忍不住回头看了一眼,看见一个二十来岁的女孩子喝得满脸通红,正在一手举箸一手夹着一支冒着烟的香烟。孩子和他妈妈也跟着我的目光看过去,脸上的表情很困惑。我笑笑对他们说:奇怪吧?这就是俺们东北姑娘的做派,很正常的。

其实我没有必要为那位喝酒抽烟的女孩子开脱,现在出现什么情况大家都能包容,都能理解。之所以要说两句,主要是想告诉他们那个女孩子是东北人,她说的是东北话。——东北话,我小时候天天听天天说的话,在这远离东北的地方,在我离开东北三十年以后冷不丁儿地听到,心里有一种无法言说的亲切。

自从本山大哥把小品推向全国,东北话也成了大家非常爱听的语言。一曲《东北人都是活雷锋》,用淳朴的生活细节反映了东北人那种粗犷与豪爽。很多人喜欢模仿东北话,"俺们那旮嗒""忽悠""嗑碜""埋汰""得(读第四声)瑟"……许多地方味儿十足的方言词汇成了大家的通用语。可是,怎么听那都不是东北话,不仅仅是语调问题,东北有很多人是从关内过去的,语言里带着很浓的家乡味儿,但是你得承认他说的是东北话。东北话里有很多微妙的东西,只有东北人能懂,外人听到的都是表面的,感受不到语言里黑土地的气息。

那年去哈尔滨,接机的小伙子一开口,就把我带进东北的情结里了,他说:哎呀大哥,你也是咱东北银(人)呐?那个"哎呀"里包含的惊喜,那个"咱"里头透出的亲近,学是学不来的。

东北话里的拟声词特别多,开口说话大多先来个拟声词,"咣地一下他就进来了""呼地一下他就跑了"。那天有所学校请来一位儿童文学作家给孩子们讲讲写作的事儿,开口没几句话我就知道他是东北人,他说"我妈啪(读 biā)就给我一个大嘴巴(读 bà)子","我爸吱地一下就把我给提(读 dī)溜起来了","我咣当一下就坐地下了"……东北话里的拟声词和后面的动作不一定吻合,但一定要有这个响词儿,否则就觉得太平淡了,自己的情感情绪没进去。也许正因为这个响词儿让感情进去了,所以懂的人一听就能感受得到,而不懂的人往往忽略了这些看似没有实际内容的内容。

从东北过来以后,和我的同学很长时间无法充分交流,不是语言听不懂,而是不能理解彼此语言中蕴含的那种神韵。就拿大家都会用的"得瑟"来说吧,这里人叫"麻木",可能"麻木"更接近普通话一些,但是它不能传递"得瑟"的全部内含,比如说比"得瑟"更重一点的用"麻木"怎么表达?东北话叫"得嗖的"。如果比"得嗖的"再重一点大概接近"张狂、轻狂",东北话就叫"浪"了。

在厦门的时候,有一大批东北人,其中有位女老师大概是被学生气坏了,把那几个孩子抓到办公室批评,说:你浪啥浪啊!大家都笑，因为南方话里很少用这个词，如果用了，往往是指生活作风轻佻。事后我说她：你说话也忒糙了点儿。她立即就听懂了，捂着嘴笑。"糙"在东北话里指说话做事不文雅，接近"粗鲁"但无贬义，往往用于善意的批评。你说这些细微的感觉如果不是那种语言滋养出来的人，哪里能弄得明白！

语言是一种文化的代表，只要你听到那种口音，感受到的绝不仅仅是说了什么，而是语言背后的衣着、饮食、气候、民风……它的内涵实在是太丰富了。"老乡见老乡，两眼泪汪汪"，为啥呢？想起老家了呗，想起过去了呗，想起离家以后的无数波折与思念了呗！一听到东北话，我当然会想起那条曲曲折折的大河，那条笔直的大濠，那五颜六色的山林和神秘的塔头甸子，那些朝夕相伴的亲人与伙伴儿，想起大碴子和小豆包，想起冰天雪地和耳朵上满是豁口的猪牛羊，想起马爬犁和溜冰鞋……童年的日子就在那特殊的语调里一点一点地复活了。

·凤凰花开·

清风穿过漆黑的夜吹来
仿佛,走过一条幽长的隧道
我想,夜的另一头
定是一个清凉世界

时间,列车一样
带我驶向夜的彼岸

落入一个繁华世界
花香鸟鸣,白云飘荡
灼热的阳光是无法翻越的山峰
思念像一只小鸟
停泊在火红的凤凰花下

又是凤凰花开时

　　厦门的市树凤凰花已经如火如荼地开了两个多星期了，每天我都要用手机拍两张照片，因为实在喜欢得不行，再过几天它那火苗一样的花朵就要落了，那时我到哪里去找它呢？不过这次没打算去写它——已经写了好几次了，从花到树再到种子，如果再写下去我怕人家笑我就认识这一种花，特别是怕人家说：厦门是不是只有凤凰花？怎么总是写它？

　　但是今天我却绕不开它。

　　凤凰花开了，一年一度的高考也就开始了。昨天下午学生去看考场，高二的学弟学妹们敲着鼓，喊着口号为他们壮行。我站在凤凰树下看着，片片花瓣落了两肩，忽然意识到这些孩子就要飞走了，什么时候再见到他们可就难说了。我看到有几位女老师和家长悄悄地背过身去，大约是在抹眼泪吧。孩子们也许并不觉得高考有什么了不起，苦读了十几年不就是为了这一天吗？可是作为一个经历了许许多多风雨的老师和家长，心里似乎并不是那么简单。万一考不好的沮丧就不去说它了，不吉祥。考好了，有个好大学上，自然是值得庆幸的事情，但那是终点吗？大学毕业以后呢？细想想，走向考场才是他们在人生道路上真正迈出的第一步啊。这就像刚刚试飞的小鸟，只看到天是蓝的、云是白的，于是一心想飞出去，可正在蓝天白云下迎风捉虫的大鸟们多么希望它们能躲在自己的翅下再长大些啊。

当年初中毕业的时候，正流行那首《年轻的朋友来相会》，我们是满怀信心唱着"再过二十年，我们来相会""天也新，地也新，春光惹人醉，欢歌笑语绕着彩云飞"离开母校的，现在眼看三十年过去了，属于我们这些"八十年代新一辈"的是什么呢？

去年也是在凤凰花开的时候送走了一批学生，记得当时我很激动地对孩子们说：看，凤凰花开得多好，为你们欢呼呢！心里并没有过多的牵绊。今年怎么就不行了呢？也许是即将离开这些凤凰花的缘故吧，明年此时就只有对这美丽的花的记忆了。是的，那个记忆很深，很深——送走学生以后，我们到四川去玩了一圈，几天以后回来，夜色已浓，车窗外是蒙蒙细雨，几天前的凤凰花已成一片落红，枝头繁密的叶子和校园的夜色一样，空荡荡的。

今天，又是细雨蒙蒙，凤凰树叶在雨中苍翠欲滴，凤凰花更显娇艳而湿重。当孩子们听到入场的铃声时，神情一下变得有些慌乱。看着他们虽然高大却很单薄的背影，那种舍不得把我的学生交给别人来管的感觉牢牢地塞紧了我的喉头。我不知道该怎么鼓励他们安慰他们，只能对着他们挥动并不很有力的拳头。那个时候，我很后悔自己教得不够好，我本来是可以对他们要求更高一些的，也不至于这个时候感到如此无助，可是我没有做，教他们的时候我更多地希望他们学得快乐……他们走进考场以后，我才从无奈中回过神来，对身边的同事说：等我孩子考大学的时候，我一定不送他进考场。

我不知道现在流行什么歌儿，也许把郑智化的这首《凤凰花》送给我的学生很合适：

梅雨季节刚刚过去，骊歌初唱的夏天
仿佛耐不住寂寞的孩子，如火如荼的凤凰花
互道珍重临别依依，几番晨昏的笑语
展翅飞向自己的天空，明日相逢在天涯
哦……凤凰花……

这首歌儿好奇怪，莫非凤凰花是离别的一个特定意象吗？我不知道，也不想知道。

气　根

　　初来厦门时，对街头的榕树十分着迷。很重要的原因是它的树型，满身的丫丫杈杈，盘盘结结，如老农暴起的筋脉，亦如健儿凸起的肌腱，有一种苍凉雄壮之美。没有一棵树的姿态是相同的，这不是哲学意义上的差异，而是大自然的鬼斧神工为我们塑造的一座座鲜活的雕塑。它是如此具体地站立在你的面前，它又是那么抽象地让你可以把自己无边的想象和联想自由地附着在它的身上：它可以是饱经风雨的老人，也可以是婀娜多姿的女子；可以是绵延横亘的山脉，也可以是曲折蜿蜒的河流；可以是展翅欲飞的苍鹰，也可以是盘旋而上的蛟龙……是不是可以这样说：榕树的内涵太丰富，常常超出了我们对树的理解，因而才让我们每看每新？

　　这恰似家乡海边的牡蛎，没有固定的形状，只有写意的生命。大自然的每一个动作都可能改变它们的姿势，但有一点从不动摇：活着，按照自己对生命的理解！是啊，生命本来是自由的，没有固定的形状，每个人都可以自由发挥，这才显示出五彩缤纷。而实际上这并非易事，人们总是喜欢按照自己对树的理解来砍斫，一棵小树从引起人的关注,就不知有多少刀凿斧锛在等着它了。榕树至今还能保持自己的个性,实在是个倔强的家伙、智慧的家伙。

家乡也有榕树,种在精致的花盆里,被花匠精雕细琢地做成各种形状,天冷的时候要放到温室里,像个演花旦的秀气小男人。没见过南方榕树的时候,我想就是这样啊,没什么气质,还不如山坡上的野菊,还不如路边的车前草。看到真正的榕树,才知道它们受了多少委屈。然而还活着,还能记起父辈、祖辈的坚忍,实在不容易。也许在温暖的花房里,它们一直在做着自己的梦,梦见南国的骄阳,梦见故乡的红壤,梦见曾经与自己并肩而生的红豆,然后在心底幽幽地唱起属于它故乡的《丢丢弹》:

为什么还抹落雪那会感觉这呢寒
是心事已经结冰冻心肝
为什么付出全部感情收回无一半
狠狠想着愈凝头愈痛
丢丢弹,丢丢弹……

然而,花房里的榕树长不出气根,而气根才是榕树的生命本质。那如胡须、如秀发的气根,正是榕树的父亲和母亲啊!曾在一个山坡上看到一片榕树林,沿着它落地的气根寻过去,一大片树林竟然是一个相连的整体!那些从枝丫上长出的气根,就这么飘荡在空中,一点一点地长,不知要过多少年,那幸运的一条终于够到了地面,于是生根,把营养送给母体,直到自己长出枝条,成为一棵永远牵着母亲的小榕树。还有的气根碰到了母体上的某个节点,也扎根进去,成为大树的一部分,那形状各异的树体,就这样形成了。

曾在一片榕树林里抚摸着一条条柔韧的气根,感慨生命的奇迹;也曾学着一些人,把几缕气根编成小姑娘的麻花辫,希望它能够如愿地找到大地，把我对它们的祝福长成一棵高大的树。

不过也经常看到被砍断的气根，或如手指或如断臂，开始还流淌着乳白色的汁液，然后就这么僵硬地停在了半空，不再寻找，不再挣扎。

气根究竟是根，是树，还是树之子呢？不知道，也许"三位一体"说的就是它吧，就像母亲、孩子和他们之间的爱，原本就无法分得清谁是谁的。

榕树对我来说永远是个谜，气根就是那最神秘的钓线，始终牵扯着我的心魂。

工夫茶

　　我是个懒人，最突出的表现是不爱喝茶，什么样的好茶都无所谓，因为怕洗杯洗盏，麻烦。可是在厦门生活了三年，竟渐渐喜欢上了最麻烦的喝茶方式——工夫茶。工夫茶可不是武林里的什么丹什么丸，喝了不会长工夫，相反，要喝它是要花工夫的，而且是不小的工夫，所以本地人请人喝茶不叫喝茶，叫泡茶；这个泡也不仅仅是用水来沏茶，还有沉浸在茶里的意思，大概和泡吧泡什么的意思更接近吧，需要时间，更需要耐心。

　　第一次看见泡开的铁观音，大失所望，因为那竟是长得很成熟的一片一片树叶，而且上面还有加工或者虫蛀留下的小窟窿。这就是声名远播的铁观音？我的家乡，茶叶全不是这样的，那讲究的是个嫩字，越早采下的茶芽越珍贵，所以有明前茶、雨前茶等档次上的差别。最不济的茶叶，泡开也还是芽，直直地站在水里。像这么大的树叶，还能叫茶叶，还要几百上千元一斤，真是匪夷所思。查过一些关于闽茶的资料，竟然是那样的辉煌和繁复，让人不得不刮目相看。

吃过晚饭，朋友吆喝：走，泡茶去！于是亲见了泡茶的过程。几个人坐定，先拿出烟来点上，慢慢地聊着。那边主人用随手烧烧水，小小的随手烧最多能装两三茶杯水吧，不要两分钟便烧好一壶。把茶盘上的茶杯和泡杯放正，一路用开水冲过去，这好理解，茶杯不是专用的，开水消毒是为了卫生。然后把几个和喝白酒的酒杯差不多大小的茶杯用夹子夹进泡杯里，再冲进开水，同时用夹子一个一个地快速旋转，因为不明白为什么刷过的杯子还要这样，就问，朋友说这叫暖杯，把茶杯和泡杯都加热，这样茶的味道才好。想起张晓风的一篇散文，题目叫《一句好话》，其中有个侍者说过这样一句话，"好咖啡总是放在热杯子里的"，这让人感受到的不只是高贵，更是温暖。我不知道热杯喝茶味道更香这一奥妙是什么人发现的，至少可以看出斟茶人对喝茶人体贴入微的态度和情感，在人与人的相处中，有这么一份情怀，也算得上不易了吧。

一包茶叶放进盖碗一样的泡杯里，加不了多少水就涨满了。但是别急着喝，这才是洗茶。家乡的茶据说都是小姑娘用纤巧的小手一芽一芽采摘下来的，那应该是很纯净的，所以虽有洗茶之说，却并没有人真的那么认真去洗，平时撮一些茶丢进大杯，用八九十度的水冲下去，过几分钟，绿色渐渐变浓，就可以喝了。不知这老大的闽茶是何人所采，当然是要洗洗的，去去浊气嘛。洗茶的水并不就倒掉，而是依次注入茶杯，再次洗杯，这是让杯子先沾上茶味儿，后面的茶味儿才浓郁。

从第二泡开始，工夫茶终于可以喝了。用喝这个词有点大了，因为那小小的杯子不过装了几大滴茶水，充其量啜进嘴里恐怕也就找不到了。不过这正是工夫茶的妙处。茶汤很酽，入口味道很重，像一颗茶做的圆润的糖粒，被口水再溶解开来，那茶香就在唇齿间像云雾般萦绕弥漫。

喝了几次工夫茶，再回到家乡喝茶，就觉得淡得跟白开水一样。

家乡的朋友说：坏了，这人在外把嘴喝刁了，云雾茶龙井茶都不上口了！我心里窃笑，其实我也不过就是喝了那么几次，没那么多时间泡工夫茶，哪里有这么严重，摆摆谱儿罢了。

不过有时候摆摆谱儿，感觉真的不错，只要你拿足了架子，别人不知你有多深多浅，说什么都行——这是我从工夫茶里喝出来的真味儿。但是，我希望这不是生活的真味儿，茶嘛，小玩意儿，怎么折腾都出不了大格，生活还是要靠真工夫的，如果啥事儿都这么摆谱来摆谱去的，那就不厚道了。

有人可能真从生活里品出味儿来了，那架势比俺就大多啦，干吗都是专家，都是学者，叫人不能心服！我把自己对工夫茶这点粗浅的东西写出来以后，恐怕就没人对我的茶经茶道感兴趣了，算是向朋友们交个底，以后别听我瞎忽悠。不过已经答应朋友将来给他们展示一下工夫茶的，还得练练，要不玩露了就太丢份子啦！

酱油拌饭

　　酱油拌饭，就是在做好的米饭里加入一点猪油和酱油做成的简便食物。我没吃过，但是如果你到福建来，几乎随处可以听到人们谈论它。小时候家境比较贫寒的中年人谈起它，眼睛依然有一种神往的光彩，似乎那是世上最美的食物，可是现在的家庭却很少吃它，少数年轻人也只偶尔吃过几次。那么令人难忘的食物，为什么人们不再吃它呢？

　　有一次听报告，我大概猜测出了其中的根由。一位家资多少个亿的成功人士说：我做事最大的特点就是不怕失败，大不了再去吃酱油拌饭，我一样还能站起来！听了就知道，这酱油拌饭只是当时人们生活中的一种美食，而到了今天提起它，恰恰是对当年困苦生活的回忆。那过来人眼里的神采告诉人们的，不是真的那么爱吃它，而是对那个时代的一份记忆。

　　一种食物成为一段往事的载体，一份美好愿望的寄托，便有点吃橄榄的感觉：吃的时候是苦涩的，甘甜只在回味之中。

　　据说朱元璋做了皇帝以后生过一次大病，什么精美的食物都吃不下，唯一想吃的，就是当年做乞丐快要饿死时，一位老奶奶给他吃的"珍珠翡翠白玉汤"，那是用泔水桶里捞起来已经馊掉的锅巴、菜叶、豆腐煮成的。身边的人真的去弄来煮给他吃了，他很纳闷儿：为什么当年那么可口的饭现在却如此难以下咽？我们不能责怪这位乞丐皇帝，因为他现在是皇帝而不是乞丐。想一想，我们每个人心里是不是都有一两样天下最好吃的食物？现在它同样是一种记忆，但在过去那是一个盼头、一个愿望。

时下饭店里农家菜越来越盛行，兰州拉面、羊肉泡馍自不必说，已经成为风行全国的小吃，甚至还形成了一些格调不是很高的餐饮文化——一碗拉面端上来，服务的小姑娘说：先生，快吃吧，师傅刚拉的，还热烘烘的。于是一阵哄堂大笑。前几年在家乡时，酒后上主食，大家都对"花生咸饭"情有独钟。那是一种把花生泡软后磨成渣浆，再把面疙瘩放在一起煮成的食物。老辈说，以前没有什么菜吃，似乎柴草也不够充足，人们就把这些东西加点青菜和盐一起煮来吃，既是饭，也是菜。这和酱油拌饭有着相同的根源。现在生活好了，曾经难得吃到的粗糙食物又在人的记忆中复活，或许它还是人们对那时好胃口的一种怀念吧。

山东的煎饼卷大葱、华北的豆渣煮菜、东北的窝窝头，一样一样地端上豪华饭店的餐桌，与山珍海味并陈，谁都知道这并不是"文革"时期的忆苦思甜，而是人们对精细食物的心理逆反。如果这些食物唤起的是我们当年为了这些食物而奋斗的豪情壮志，其意义应该还在食物本身的营养价值之上，因为它们还滋养了我们的精神；如果它们带给我们的是对今天生活的厌倦，那就是比食物更加粗糙的返祖现象了。

求粗、求土、求原始，不管出于什么情怀，都是对现实的一种批判。化肥农药残留量超标、速生食品口味不佳，据说某些人工养殖的猪牛羊鱼虾蟹体内含有大量的激素，甚至它们的饲料中还有避孕药品，哪一样不是让人吃得胆战心惊？自己吃就吃了吧，可我们还有孩子呢，让他们吃这些食物好像亲手在向他们体内注入各种毒药，心痛又无奈。这些食物我们无可逃避，于是我们开始怀念那些虽然粗陋但能让人放心的东西，比如酱油拌饭、煎饼卷大葱、豆渣煮菜、窝窝头……虽然这些今天做成的东西同样未必环保绿色，但在心理上它们是干净的。人们渴望单纯、干净、放心，这里有追求健康的因素，更有社会心理问题。

很多人在感叹现在的人缺乏同情心，而那些怀里揣着同情心的人却在寻找真正值得同情的人群；人们渴望自己、自己的孩子智慧过人，而许多投资者却在寻求有着几分傻气的合作人；人们接受着现代医学技术的治疗，同时又在怀念那些草根草叶草花草种煮成的汤药，甚至还愿意把自己的性命交给神佛来保管……

快速发展的经济缺少进步的文化来护航，这种社会形态的剪刀差让人们不堪其苦，于是我们怀念物质与精神相匹配的低水准生活，借以抚慰灵魂的创伤：一家人团坐在一起，在某个令人感到快乐的晚上，吃一碗酱油拌饭或者煎饼卷大葱、豆渣煮菜、窝窝头，没有应酬的搅扰，没有送礼的烦恼，没攀比的压力，真的比在年夜一家人难得聚齐却跑到饭店撮一顿更有味道。"大葱大椒大蒜，小鱼小蟹小虾"，这就是海边人对理想生活的描述。

酱油拌饭，吃得安心、快乐、温馨，怎么能不让人惦记呢？

第一朵木棉花

　　被去冬今春的那场雪灾弄得晕了头，总以为这个世界依然是雪的天下，明明艳阳高照也不敢减少身上的衣服，晚上喜欢裹紧了被子睡觉——心里总是怕着冷。

　　这是一个很温暖的城市，大部分草木是四季常青的，很多花也是一年到头开着的，但木棉花不是，它只在春天开。天天走过那株老木棉的身边，它总是灰乎乎的。今年的春天怕是不来了，我紧了紧领口，心里想。怎么可能来那么早呢，那场雪也许还没有完全融化，虽然这个城市不可能下雪，但是四周的寒气还是压迫得很紧。等着吧，等木棉花开，天就暖和了。

　　周末，远方的朋友打电话来问：干吗呢？怎么一点消息也没有？我说：猫冬呢。这么冷的天能有什么好消息？朋友说：你呀，还在去年没出来吧？冬天早就过去啦，连东北都开始化雪了呀！我说：那场雪可是下在南方啊，那雪太大了，无边无界的，让人找不到冬天的出口⋯⋯朋友大笑说：看来是你的心被冻住了——怎么到了南方反而怕冷了呢？我说：你不知道，南方的冬天才真冷呢，那冷直往骨头缝里钻。朋友沉默了一会儿说：要是找不到温暖，就回来吧——这里的柳树已经发芽了，树林里的小鸟天天在唱歌，天上的云洁白的，土里的香味儿飘得满世界都是……我们正准备去郊游呢，就是到以前我们经常野炊的那个河边。哦，是吗？我应着，感觉很困，想睡觉了。

怕冷的人，梦也是冷的。梦里还是那片雪色斑驳的世界，没有阳光，到处灰蒙蒙的，树枝上挂着亮晶晶的冰溜，在风里发出吱吱地悲叹，没有花，也没有鸟，连一点绿色都看不见。我和几个儿时的伙伴在薄薄的冰上一步一滑地走着，冰层发出嘎嘎的破裂声。别玩了，我们去找太阳吧，这样会冻死。有个人说。哪里有太阳呢？有人问。太阳在南边！有人答。我没说话，我心里明白，南方的冬天才真冷呢，没有炉子，没有炕，唯一的指望就是太阳，可太阳是多么遥远啊！一只脚踏进了冰窟窿，冷得一激灵，醒了，那只脚在梦里伸到被子外面了。

呆呆地坐了一会儿，很想吃一碗汤面，就是小时候妈妈做的那种阳春面。已经一天没吃饭了，外面的残阳让那些长着叶子的树看上去一片凄凉，不想出去。环顾斗室，唯一可吃的是半瓶维生素片，可只有维生素片是不能活命的，这我知道，但也该有些热量吧？丢了两片到嘴里，借着这点勇气出去找阳春面吧。

真正走出来才知道，其实外面和屋子里没有什么区别，不暖和但也并不见得更冷。走到那株老木棉下，忍不住抬头去看看，我想问问它冬天究竟还有多久，春天是否已经出发。让我惊喜的是，在那灰黑的枝头竟然开了一朵木棉花，尽管还有些怯怯的，可那一朵纯正的红色还是从灰黑的花苞里溢了出来。

春天真的来了，仔细看去满树都是灰黑的花苞。可是，为什么只开了一朵呢？难道阳光也是不均匀的，春天也有偏爱吗？我慢慢地踱回房间——那碗阳春面，还是等阳光均匀了、春天到齐了再吃吧。

　　有人说"人们能走过寒冬，是因为确信冬天过后是温暖的春天"，这，我也信。

土楼愿

　　来福建之前对土楼略有了解，那是从一张邮票开始的。一说已经很多年了，当时我收集"中国民居"这套普通邮票，其中一元面值的就是福建民居土楼，心里好生奇怪，福建民居怎么是环形的呢？从一些资料中查到，那不是福建民居的代表，而是客家人特有的民居文化。虽然后来从网上查到一些图片，依然不能对土楼文化形成具体的认知。传说美国一度对中国十分紧张，原因是他们的卫星发回很多照片，发现中国的深山里有很多环形建筑，疑似导弹发射井；后来才知道虚惊一场，那就是客家人居住的土楼。

　　来福建的时候，我对家乡的朋友说：这次去福建有四大愿望——汤、古榕、佛教、土楼。踏进八闽大地没几天，我的第一个愿望就实现了，喝着各种口味的炖罐汤，我对家乡朋友说：不来福建，你真不知道什么是汤！其中的故事以前已经写过了，这里只补充一点，福建和广东的食补观念都很强，汤的口味不同，用的原料和辅料也不同，当然食用效果就不一样了，有进补的，有去火的，进补的还分滋阴和壮阳，五花八门，没有点耐心你是不可能喝明白福建汤的。

　　古榕也很容易看到，满街都是，福州就叫榕城嘛，以前中学教材里有篇黄河浪写的《故乡的榕树》，写的就是福建古榕。这也在好几篇文字里写过，也补充一点，这里的每一棵古榕都有不同的形态和传说，这恐怕花再多的时间也无法穷尽，只好留到以后慢慢聊了。

　　佛教文化博大精深，全国各地都有体现，但福建的佛是老百姓的佛，不追求过多过深的佛理，只要人心向善就是与佛有缘，所以这里几乎人人信佛，家家供佛，庙宇便随处可见，南普陀、梵天寺、观音寺是厦门人常去的地方。湄州等地还有自己的"佛"，就是妈祖。佛在这里不是高高在上的神灵，而是福建人的亲戚，尊贵又平易，这是我在其他地方没有见过的。

　　最难实现的愿望是去看土楼。土楼主要集中在龙岩市的永定县和彰州市的南靖县，尤以永定土楼为代表。山高路远，环境陌生，省内人都很少有人去过。就要离开福建了，这未能实现的愿望像一张白卷摊在我三年福建生活的面前，让我难堪。以前几次外出活动，向办公室哥儿几个了解了不少这里的风土人情，他们问：你最想去哪里？我说：土楼。于是去土楼也就成了大家的愿望，酝酿了半年多，前后动议好多次都没能成行。离别的酒喝了一场又一场，哥儿几个又问：就要走了，还有没有未了的心愿？我说：土楼。于是他们下定决心要陪我去土楼走一趟。

　　今天，我的第四个愿望终于实现了。昨晚阿汤租了车子，早上五点多去前浦接了阿建，又调头到杏林来接我和阿孔。阿汤和阿孔两人轮流驾车，高速公路、盘山公路一路狂奔慎行，从早上七点多，一直跑到晚上十点多，闽南到闽西，往返行程近六百公里，终于参观了永定湖坑镇和下洋镇的两处土楼群。

　　土楼、客家人、土楼文化，我还需要一些时间来咀嚼整理，今天不敢贸然下笔，幸好拍了很多照片，还买了一本《土楼探秘》的小册子，我想还不至于太让朋友们失望。看土楼，吃客家饭的过程中，哥儿几个问：有什么感想？我说：看了土楼震撼，看了以后无憾。

　　土楼之愿已了，我想我该心满意足地回老家了吧？可是事情总是那么让人不可捉摸，弟兄之间的深厚情谊让我越来越感到沉重。早上出发时响晴的天，刚进山区就雾蒙蒙的，还下了一阵小雨；中午吃饭的时候，碧蓝的天空飘来几朵云，噼噼啪啪地下了十几分钟大雨，我们是在一棵几百年树龄的老榕树下吃的，开始还坚持着，后来被淋得端着碗碟到处跑——莫非老天也知道我在想什么？

　　阿孔驾车在盘山路上周旋着，阿建问我：没走过这样的山路吧？我学了两句歌儿的开头：这里的……这里的……他们都笑，一定以为我在感慨那十八弯的山路吧？其实"这里的"东西太多了，让我怎么跟弟兄们说呢？我觉得我的回乡之路真的很像那百转千回的山路，只有走在上面，才知道那是一种什么样的感觉。

养 壶

离开厦门之前，特别想带的一样东西就是茶具，倒不是说那里的茶具一定高档，而是觉得用那里的茶具泡出来的茶应该还带着那里的风土人情的味道吧。

从中山路到嘉禾路，和朋友逛了好多家茶叶店、茶具店，各种样式、各种价位的茶具看了很多，商家推荐的大多是紫砂茶具。我知道紫砂是好东西，但是它的产地是我们江苏的宜兴，不符合我的心境，只好歉意地摇摇头。

已经是晚上了，细雨把街上的霓虹灯飘得迷离而伤感。朋友盯着我看了半天，轻轻地说：舍不得走，是吗？那就留下吧。一句话点醒了我：我哪里是在买茶具，分明是在向我留恋的一切告别⋯⋯再看最后一家吧，如果没有合适的，就不买了。我说。

富山购物中心对面一间不大的茶社里，主要经营的是茶叶，只在门口摆着一个小小的茶具柜。我站在柜台前看着一件件精巧的茶具。一个小姑娘走过来说：先生看茶具吗？这几件都是正宗的紫砂。我笑着摇摇头。小姑娘又说：我这儿有一把紫砂壶，是我正养着的，价格适中,如果先生喜欢就拿去吧——我已经养了三个月了,有点舍不得卖呢。茶壶要养的吗?我问。当然,一把生壶是没有灵性的,可是如果你用心去养它,它就成了你的寄托,泡出的茶就有了你的个性,再普通的茶具也就不普通了。

我不知道这话有没有科学依据,但是说得太好了。

在这里生活了三年,被厦门"养"了三年,就算离开了,也一定会带着厦门的个性了吧?生活中有很多东西,别人看来也不过是一般平常的,可是对它的主人来说却有着不同一般的意义,应该就是"养"出来的吧。一个人的生命里有了一地、一人的经历,就必然打上此地此人的烙印,即使不是刻意去想,又怎么能不在某些时刻、某些细节上表现出来呢?

告别的时候,朋友叮嘱说:不要走了就忘掉我们……我只是酸酸地笑笑,没有办法回答这个问题,心里很想说:一只壶被养过,不管以后泡什么茶,都会带着第一次茶的味道,难道我还不如一只壶?

那天,到后来我是到外文书店买了一套茶具。三楼的那个小小角落里有个很特别的柜台,经营着笔墨纸砚和茶具,我想那些茶具上一定也浸渍着笔墨和书籍的香味吧。小姑娘拿过一只精巧的竹制茶盘,说买这个茶盘可以送六杯一壶。茶盘是要买的,可是那壶一定不会很好吧。我和朋友左挑右挑,终于选中了一只暗红色的小壶,外形像只小南瓜,薄薄的盖子上有一个小手形状的抓手,拉着系盖子的丝绳。小姑娘说:先生真有眼光,这把壶虽然不名贵,却是手工做的,满店只有这一把呢!朋友也笑了,说:以后你用它喝茶,就当我们又握手相见了。我决定好好养着它,第一次泡茶用的就是朋友送的武夷山大红袍,把洗茶的水浇在注满开水的壶上,茶水立即就浸了进去,岩茶的香气溢满了房间。

本来买这套茶具是准备送人的,可是养了一段时间就舍不得了,它的外面被我抚摩得泛着木质的光泽，里面被茶水浸渍得空壶溢香，泡出来的茶越来越透出温和的气息，我怎么能把它交给一个不了解它的人呢？

　　家乡的朋友向我索茶具，我说：茶具无所谓好坏，我可是泡得一手好茶呢，哪天我请你喝茶吧。其实我泡的茶朋友们也未必能喝出什么不同，我不过是想找个机会告诉他们：壶是要养的，没有情感的壶用得再久也是生壶——生活中的一切都是如此。

作别厦门

在厦门工作了三年，从不喜欢到喜欢，这个过程很漫长，经历了生活的、心理的、文化的冲撞——不是一件快乐的事情。说着就进入倒计时了，却少了那份洒脱。徐志摩的《再别康桥》里说："但我不能放歌，悄悄是别离的笙箫；夏虫也为我沉默，沉默是今晚的康桥！……"我想这是对的，别离的情绪是最说不清的，那么，只有悄悄。

对厦门，我能说什么呢？我说不出，一切的过往与经历，乱得像一团麻，理不清哪年哪月哪一天。坐在公车上，看还青涩的芒果闪过，看已经不再艳丽的羊蹄甲闪过，看高大的假槟榔闪过，心里只有一个声音：我喜欢这些，但它们都不是我的。

我不记得我的双脚曾经丈量过哪些街哪些路，但那些人、那些事儿是记得的，于是有一种沉重感，就像雨后那些坠满果实的芒果树，往日高扬的枝条低下来，低下来，让晶亮的雨滴顺着记忆的叶片悄悄地滑落。

不说也罢，记忆这东西其实只有自己可以咀嚼，没有办法分享的。就像车子堵塞在厦门大桥上的焦躁，就像车子驰过海沧大桥的飘逸，说了，谁又能懂呢？总是要想起《再别康桥》："悄悄的我走了，正如我悄悄的来，我挥一挥衣袖，不带走一片云彩。……"这不是洒脱，是无奈，因为那河畔的金柳、软泥上的青荇、榆荫下的一潭只能留下，它们不属于一个匆匆而过的游子。但是，厦门还是慷慨的，它把一切美好的东西留给了我的记忆——我想，不论走到哪里，不论世事如何变化，总会有某个情境会让我联想到它们，说不定那时我会脱口而出：在厦门的时候，我曾经……会有人笑我吗？如果真的有人笑我，那我一定又要以为我是厦门的游子了。

我曾经说过，如果有一天我离开厦门，我一定会很思念这里的，那时我还没有想过要离开它，甚至也还没有喜欢它，还在为闷热的雨季而烦恼，还在为公交车的粗野而抱怨，还在为店铺的慵懒而哂笑，还在数说着它诸多的不是——我对厦门不是一往情深的。

今天我还能说什么呢？摩挲着手里的茶杯，我不好意思说其实我很喜欢那醇厚的茶香；走过榕树下的神龛，我不好意思说其实我很喜欢那种神秘的气息；还有那我刚能听懂一点点的方言，还有那种不修边幅的穿着……甚至还有那九曲十八弯的山路和路边高挑的桉树。我不知道这方水土是如何接纳我的，我却是在抵触中接受了它。这个小巧的岛城是在海中的，应该有足够的胸怀吧。即便没有也没关系，以后如果有人在我面前说它不好，我仍会大声地向他说出无数个理由，告诉他厦门像天堂，因为我在这里生活了三年，和它磕碰了三年。

我不知道什么时候还会走过那座曾经让我下错车的大桥，不知道什么时候会来查看我曾经编成麻花辫的榕须，不知道什么时候再来参拜净化过我心灵的寺庙……那时我还能辨别出厦门的东西南北吗？厦门还能认出曾经捂着鼻子走过臭豆腐摊的我吗？……不想作太多的设想了，厦门不是一座柔弱的城市，不是江南，让我们都散淡一些，别时阔步，相逢一笑吧。

我想我一定还会来的，厦门。

·远足回声·

苍耳轻轻地揪住裤脚
要跟随我去我的远方
去它一直向往的地方
我婉言相劝：哪里都一样
苍耳怎么会相信呢
它被渴望灼干了

那个秋天的傍晚，我的指头流泪
第一次懂得，依恋也伤人
指头上的伤痕好了，痛却扎根
岁月像苍耳撒下的种子
我，就成了苍耳的远方

花街今昔

三十年前到淮阴读书，就对古运河南岸的花街情有独钟。没有人知道，那时我站在刻图章的店铺里，心里有多么喜悦；也没有人理解，为什么一个读书的青年不泡在图书馆里，却在花街的旧书摊儿前流连；当然也没有人懂得，花街的羊毫狼毫毛边纸，是怎样让我陶醉。

那是一条什么样的街呢？

窄窄的街道，路面好像是石板铺成的吧，街的两边是古老的梧桐，太老了，树干上长满了树疙瘩或者树洞，而上面的枝叶早已搭在一起，形成一条绿幽幽的长廊。树的后面是店铺，一色的两层小楼，青砖青瓦，飞檐龙脊，暗红色的木格窗。店铺里多是经营一些古朴的营生，做杆秤的，卖算盘的，制锦旗的，修皮鞋的……是的，这样的小街注定小吃花样也多，油条麻团茶馓烤山芋随处可见，而我记忆最深的，第一要数萝卜丝油饼，第二要数油亮亮的小笼包子，老远就闻到香味儿。不过很少买来吃，那时候口袋里没钱，有点钱也舍不得吃，买本书或者买个心仪的小物件儿，比吃掉更有意思。

我就曾在一家玩具店里买过一只铁皮跳蛙，晚上躲在蚊帐里玩，那是给自己的二十岁生日礼物。

秋风乍起，桐叶微黄，或者夕阳满天，华灯初上，悠悠地在花街走着，心里觉得轻松愉快，还有点异乡流浪的淡淡情绪，那种况味，怎么能忘得掉呢。四年书读过来，有三个地方感受最深：一是校园，足迹所到，全是一件件往事；二是通往长途站的小路，多少离家的惆怅和回家的雀跃，洒落在路边的小草上；而关于这座城市，这座把我引上人生之路的古城的记忆，要数花街——那种浸染，那种抚慰，永远萦绕于心。后来离开那里，只要有人说与那座城市有关，我总是要问：去过花街吗？问十回准保十回都得到差不多的答复：当然，没去花街还能算到过淮阴吗？

我曾问过本地的同学：为什么叫花街呢？他们捕风捉影地说：花街柳巷，你想想吧，啊？……我当时真的信了——一条古老的运河穿城而过，多少富商巨贾、官宦游客来来去去，熏染出一条色彩朦胧的小街，实在太正常了。于是再走花街，那些低低的檐、幽幽的窗、花花绿绿的颜色，就有了别样的意味，仿佛每一件物事的背后都有一个或一串故事，缠绵幽怨，凄楚孤独，或者悲喜交集。

有了网络就方便了，查了一下花街的来历，竟然完全出乎意料。据说一是因过去在街上住的人家爱摆弄花草，二是为宫廷做绢花而得名。据说小街上过去还出了一位著名的弹词女作家兼演唱家。但是没有一句关于古代漕运与花街关系的解释，这似乎有点不正常，不论曾经有过什么样的历史，我们都应该想到大运河与瘦西湖。且不……吧，反正花街在我心目中是一条文化纷繁但很干净的小街。

当我带着一家人穿过运河闸口，站在花街的东头，孩子和他妈妈立即被几家店铺的招牌吸引了。孩子说：闸口，我一听这名字就想起大闸蟹。我说那是阳澄湖。孩子妈妈说：我想起了老上海。我说那是闸北。

说着笑着走进花街，几间古旧的建筑和店面让人心里暖暖的、有点虚幻，当年和同学一起从水门桥过运河、穿街而来的情景梦一样在现实的背后缥缈着。我说继续往里走，还有更有意思的呢。可是只走了几十米，眼前的景象就把我惊住了：这哪里是花街，眼前是每一座城市都有且格调极其相似的步行街嘛！硬着头皮走，除了那些古老的梧桐树还在，勾勒着当年小街的宽度，其他一切都已荡然无存，到处充斥着花花绿绿的服装；那些人固然已经更换，那些古色古香的小楼、那些把人带向历史深处的店铺都到哪里去了呢？

我问他们俩：还往前走吗？他们一定是从我眼里看到了失落，说：既然已经没了，就不走了吧。于是转身回去，边走边给他们唠叨这里当年的情景。孩子他妈说：没了就没了吧，不能因为你要看，就让人家一直生活在陈旧的环境里吧。其实我知道她也挺失望的，因为她把遗留下来的那几间店铺拍了又拍。

我得承认孩儿他娘的话是对的，这次回来，找不到的东西太多了——镇淮楼失去了当年的内涵；漕运公署只剩下地基，被商业街团团围住；河下古镇原来跟苏州的同里有的一比，可是全没了，都成了重新修建的仿古建筑，值得庆幸的是吴承恩故居还在；小吃一条街踪影全无……我不明白，现成的古建筑不要，弄成仿古的，图啥呀！

没有人保守到不许社会发展的程度，但是这种文化的依恋也是没有办法的事。算了吧，也许若干年后，眼前的步行街也会跟当年的花街一样，在时间里酝酿成一条牵动人情怀的古街。

同里退思

朋友问我："同里"是什么意思？怎么在好多地方都看到这样的地名？

这我还真不知道，但是我会瞎猜，于是说：大概当初这里的人都是从外地搬来的，同乡的人居住在一起，就叫同里了吧。可是查网上资料却说：由于这里富足，人们把这块土地叫作富土。在宋代，要这里多交公粮。人们不愿多交，便有能人想出了改名的办法。秋后官府来收缴公粮时，他们不多交，于是遭到质问，既然是富土，为什么不多交？他们解释说，这里不叫富土，而叫同里，是人们讹传了。汉字过去是竖排的，富土二字，是将"富"字的一点抹去，将下面的"田"和"土"连成一个"里"字，上面的"富"字就成了"同"字。从此，"富土"这个地名就变为"同里"了。据清嘉庆《同里志》记载，从宋元明代起，同里已是吴中重镇，由于它与外界只通舟楫，很少遭受兵乱之灾，便成为富绅豪商避乱安居的理想之地。不难看出，同里名字的变更，取决于当地人含而不露的传统观念和源远流长的历史文化。原来如此！什么东西靠主观猜想都可能会出差错。

江南水乡一直是心中最美丽的地方，可惜苏州昆山的周庄、浙江桐乡的乌镇都没去过。这次到了吴江，再错过同里就实在不像话了。于是趁着会议的间隙，两个人抽出两个小时时间悄悄前行。从吴江打车到同里不过二十多分钟。同里据说有"东溪望月""南市晓烟""北山春眺""水村渔笛""长山岚翠"等八大景点，我们也没时间琢磨安排，就信步从石板铺成的小路走了进去。

古镇也走过一些，但是立即被捕获还是第一回。古旧的民居，青瓦粉墙，飞檐雕窗，让人仿佛走进了画里。朋友说：怎么没有认真开发呢？到处都显得萧条。而这正是我喜欢的样子，宁静、清淡，让人不想看什么，只想沉浸在那种幽远的原味里。很多地方粉墙已经斑驳，在那条条缕缕的苔痕里，隐约可以听得到江南烟雨细密的滴答声，闻得到水墨氤氲的暗香。

风俗人情是这里的特色。在一处宅第里，展示着民国时期的婚礼全过程。那些保留下来的庚帖、礼簿、服饰，仿佛伴着唢呐声、鞭炮声在古镇穿行。有位游客看到三寸金莲的小脚鞋子，说：我奶奶就是小脚，才去世不久。有个小姑娘睁大好奇的眼睛盯着看，我忍不住逗她：要在过去，你也要穿这种小鞋的。小姑娘吐吐舌头，什么也没说。当时以为美的三寸金莲，在今人的心目中已经成为痛苦的记忆。

民居门外都是河，已经是冬天了，河水看上去有些黏稠，缺少灵动的神韵，却多了一份时过境迁的落寞和落寞后的宁静。河边摆满了茶桌，在傍晚的寒风里也无法坐下来轻啜。蓝色印花的桌布像画满心事的图画，有点黯然。跨过一座又一座弓形小石桥，我们已经不想再去寻找标志意义的景点了，像这里的居民一样随意走走，更容易感受到那种淡然的意蕴。

"穿心巷"不足二尺宽，幽长幽长的，如果有人对面走来，都不知道该怎么避让，更不要说遇到撑着油纸伞的丁香姑娘了。和朋友说笑：幸亏我们不很宽大，否则就挤不过去了。而过去的人家就这么紧贴紧挨地生活着，你听着我家的谈笑，我听着你家的争执，吴侬软语伴着雨打荷叶的声音，天然的江南丝竹评弹。今天依然住着人家。

鱼行街比较宽阔些，两侧都是两层小楼，可以想见当年这里的繁华。朋友说：战争时期这里肯定没受到战火，要不就没有这些建筑了。说得是。水的隔阻曾经成就了这里的安宁，也保存了这里人温和的性格。街边的店铺有卖丝绸的，有卖字画的，有卖各种小吃的，有卖丝竹乐器的，却没有人吆喝，没有人拉客，也没有震耳的金属音乐。只有一家小铺子里放着低低的音乐，现代的歌曲，小姑娘唱的，舒缓的声音像是一个人自顾自地清唱。我说：这音乐选得也对味儿。

资料上说，自宋淳祐四年至清末，同里先后出过状元1人，进士42人，文武举人93人。同里镇的著名人物有南宋诗人叶茵、明代画家王宠、清朝军机大臣桂芬、书画家陆廉夫、辛亥革命著名人物陈去病、著名教育家金松岑、文字家范烟桥、中国民主促进会主席王绍鏊、著名经济学家金国宝……厚重的文化是需要宁静的，宁静的环境、宁静的心境。相距不远就是热闹的城市，不知这里的人如今是否还能坐得住。

在退思园里看到一间画室，走进去，满屋都是浓浓淡淡的水乡水墨画，细腻随性的那种，不像北方山水崚嶒峭拔、锋芒毕露。画师安然地站在案子后面作画，一位小姑娘介绍说他是中国美术学院毕业，这里的画都是他的作品。一幅一幅欣赏过去，觉得那些画里深藏着一首首说春道秋的小诗；唯独对他用重墨粗略地处理小楼上的青瓦感到有些不解。画师始终没有抬头跟我们搭一句话，连眼神也没离开过画纸。

退思园建于清光绪十一年至十三年（1885—1887年），曾是三品大员任兰生的府邸，如今假山池阁尚在，老树香樟蓊郁参天，却已成了游客自由出入的旅游景点，其间不足一百三十年。

顺着小街信步，不知不觉走到了来时路。我们大概只走了同里的一个角，感觉这古镇很像一个小盆景。太阳已经沉西了，小风裹着河面的水汽在小街上轻轻地游走，透骨的冷。街边人家依然静悄悄地过着平常日子。朋友说：这里的人怎么到处都挂着幡呢？我笑：那叫幌子，古代用它做店铺的招牌。那些金色的、蓝色的幌子和常绿的树茂盛的枝叶，把小街上方碧蓝的天空点缀得像一条条长幅的写意画。

经过一座石桥，抬头望见小河尽头的斜阳夕照，还有夕照下幽静的粉墙青瓦、绿树枯苇、三五小船，景色暗与心合。朋友说：不虚此行。我心里想，要是在春天，这里和风吹拂，柳绿花红，水流舟移，还不知道有多美呢。这才是我一直寻找的水乡江南。没带相机，朋友拿出手机咔嚓留影。

南京随园、扬州个园、苏州退思园，园名即主人心迹。唯退思浅白，也唯退思不易。

咸　亨

　　我从咸亨酒店出来，带着微醺。没错，是微醺，太雕黄酒和茴香豆只能让人微醺，不会像家乡的白酒那样让人酩醉。不想沉醉，在这古老的城里，微醺是最合适的状态。

　　来绍兴，是奔着鲁迅来的。请假的时候朋友问：想喝老酒啦，往那里去？我说，孩子马上读初中了，不让他去拜见一下鲁迅，怎么行！绍兴当然不止鲁迅，在街头刚刚走了没几步，就看到了"古轩亭口"的牌坊，街心立着秋瑾烈士牺牲处的石碑，路边是这位鉴湖女侠的雕像。跟孩子说，绍兴不仅出文人、出师爷，还出侠士，秋瑾就是其中一位。看到"古轩亭口"，自然要想起鲁迅笔下的小说《药》，想起华小栓和夏瑜，想起人血馒头和城外寒风中的坟。再走几步，有一条小巷叫若耶溪街，那是春秋时期的大美女西施浣纱之处，如今那里没有微波荡漾的溪水，似乎也没有任何文字标示。绍兴真是太富有了，要是在别处，一个西施不知要做出多少文章呢。

　　在高铁上时，我问孩子：李白跟绍兴有没有关系？他说：书圣王羲之《兰亭集序》里的兰亭在绍兴，陆游写《钗头凤》的沈园在绍兴，没听说李白在那里留下过什么呀？我说，这话不错，可是李白有句诗写到那里，"我欲因之梦吴越，一夜飞度镜湖月"，他从鉴湖（鉴湖原名镜湖）上空飞过呢。孩子哈哈大笑，说做梦也算啊？可不是嘛，他怎么没梦到别的地方呢。

昨天在西湖边和浙江大学里骑行一天，把他累坏了，吃过午饭要回宾馆休息一下，竟然一觉睡到下午六点。起来匆匆往鲁迅故居赶，已经来不及了，那里五点就下班了。这没关系，明天肯定还要去的，要带他细细地看呢。我们沿着故居边上的小巷往里走，观看那些古色古香的建筑，还有作诗画扇、抟泥捏人的小铺子，吃着老奶奶卖的臭豆腐，慢悠悠地逛。走过"三味书屋"门前，看到一米多宽的小溪里停泊的乌篷船，沉浸在古越国留下的幽静的氛围里。在一间小小的门面里，给孩子买了一套鲁迅小说连环画，然后穿过铜艺朱氏老台门，就看到了神往已久的"咸亨酒店"。

孩子他妈非要请我喝酒，于是我们学着孔乙己的样子，在"曲尺柜台"前打了一碗酒，要了一盘茴香豆，坐到乌漆的条凳上喝起来。我从包里掏出一把硬币，学起孔乙己"排出九文大钱"，又"摸出四文钱"的故事，直到微醺才出来。天已经黑透了，隐约的街灯里到处可见"咸亨"字样，咸亨影视城、咸亨古玩店、咸亨什么什么的，只顾着跟孩子聊经典和再生性，却忘了给孩子讲"咸亨"的意思，明天一定补上。

在古轩亭口附近，看到一位卖莲蓬的大嫂，问了一下价格，大的十元三个，小的十元四个。我们买了大的，大嫂又拿了一个小的给我们。我问孩子：发现这里人做生意跟我们那里有什么不同了吗？孩子说：我们是逮到一个死宰，人家总是想办法让你高兴。当时我怎么就没想起"咸亨"呢，"咸"就是"都"的意思，"亨"是亨通，"咸亨"就是双赢、都高兴啊！这种感觉，从踏上浙江大地，就浓浓地萦绕在身边，它不仅仅是一个经营理念，似乎更是做人的品质、生活智慧。这是必须提醒孩子的。

已经决定了,在绍兴多留一天,时间还有呢,慢慢体会这里的山水、人情和文化吧。

海南的椰树

只去过一次海南岛,而且是很多年前的事了,按理写起那里的东西应该比较清晰,毕竟时间已经对记忆进行了淘洗,沉淀下来的一定有特殊的感受。然而几次拿起笔,还是觉得无从下手,也许,是那个绿岛特殊的风景和文化气息,给人视觉和心灵的冲击太过强烈,同时又有些杂乱吧,竟不知道该用什么样的线把那一粒粒的珠子串起来。

就从椰树写起吧。中国可以生长椰树的区域毕竟十分有限,而海南岛的别称就叫椰岛。

一说起椰岛这个名字,那股灵秀之气就扑面而来,《绿岛小夜曲》的旋律也就随之在心头荡漾:

这绿岛　像一只船
在月夜里摇啊摇
姑娘呀　你也在我的心海里飘呀飘……

轻柔，舒缓，深情，像把你的心悬在吊床上轻轻地荡着，吊床就悬在海边的两棵椰树上，不知道那位温婉的姑娘是否正在林边的竹楼里浅浅地笑。

当年在三亚一家酒店里，朋友点的就是这首歌。唱歌的是一位秀丽的姑娘，小伙子弹着吉他伴着，只在感情上扬的地方低低地伴唱一句半句。窗外是南海的沙滩，深蓝的海水。天还没有黑，橘色的夕阳带着淡淡的紫，静静地穿过几棵椰树抹下来，静谧而有点忧伤……海南岛就是这样一位姑娘，一瞬间，脑子里就冒出了这个奇怪的感觉，而且再也不能改变：那气息，那色调，那轻轻叹息的海浪，那闲淡的神态，那晚霞中如眸子般忧郁的海湾……若干年后，读到余秋雨先生的散文《天涯故事》，也说海南岛是一种母性文化，心为之怦然，我的现实直觉竟和先生对历史的洞察撞到了一起！从此，椰树的低声呼唤就时时萦绕于心头、回荡在梦里。

海南对人的征服还有水果，品种之多，口味之杂，甚至吃法之奇特，不能不让游人跃跃欲试，试了就再也不能从记忆中抹去，就像那里的兴隆植物园、亚龙湾、猴岛，就像那里的苦丁、珍珠和玳瑁。然而最让人放不下的还是椰子。

去了外皮的椰子是天然的一个木质圆壶，全封闭的，用刀斫一个小口子插入吸管，淡淡的清香就像乳汁一样溢满喉间。多少年过去了，只要看到有椰子卖，还是忍不住要买一两只来，和家人朋友一起品尝。据说椰子的成长和采摘是没有季节限制的，一棵椰树上有的已经成熟，有的还是鸡蛋大的青果，有的更小，甚至同时还有开着的花，人们戏称这叫"祖孙同堂"——啊，没想到，传统的天伦之乐竟然在这天涯海角，竟然挂在骄阳下、狂风里的一棵棵椰树上，那种包容与依偎让人油然而生钦敬之意。我不知道，那未熟的小椰是不是也像桃杏一样酸涩，何以长大了就化出一腔清纯的椰汁呢？莫非是那浓浓的亲情酝酿成了满心的甘甜吗？台风肆虐的时候是不是也会有幼小的苞儿、苍老的果儿被吹落尘埃？或许有的，但狂风暴雨过后，椰树依然挺拔，巨大的羽叶毫无低落的神情，苍翠的椰林依然傲然地布满山坡海滨，在夕阳下抒发着浪漫的情怀。

是的，我被椰树征服了，我被海南征服了，心的步履从黄海之滨一路踉跄南来。不过，在椰林边缘，我停下了，我不知道自己的性格是不是能与椰树相融。就眺望着吧，就犹豫着吧，很多时候期待和不安也是一种很有味道的心境。

永远的山水

清晨从宾馆十楼的窗口望出去，高雄的大片街区尽在眼底。说实话，高雄的建筑很凌乱，像样的高楼并不多，普通建筑大多是钢架板材结构，让人觉得它们的主人随时准备收摊儿走人。昨天导游小蔡说，这些建筑都是私人财产，终身的，政府无权干涉。这不像大陆，政府可以任意拆迁规划，而且使用权只有七十年。

不过，我觉得这种建筑现象肯定还有更深层的社会原因：是战争、轰炸留下的不安定感？还是多震造成的民众"临时性"心态？几年前在厦门看到一家挺大的台资钢铁制造企业也是这种结构，还以为是老板对大陆政治的不信任，现在更深刻地感受到台湾民众广泛的集体心理：他们似乎永远生活在台风里，生活在地震带上，生活在各种人为的风暴里……对于他们而言，什么才是永恒的呢？电梯间门口有一块很大、很醒目的牌子，用中、英、日三种文字写着这样一句话，"空袭时请到地下室避难"，几乎所有的宾馆"安全出口"指示标牌都写成"避难方向"。

车子走了不远，说是要去看独特的钻石切工。等我们被贴上编号领进一个地下室，才知道是钻石销售点。大厅里人行如蚁、人声如潮，男男女女穿制服的推销人员蜂拥而上，瞄准自己以为有购买可能的顾客尾随而去，不停地从各个角度进行游说——亲情、爱情、心理、工艺……钻石象征着永恒，但它自身是永恒的吗？一颗真伪莫辨的钻石能筑起永恒的爱吗？一位小姐循循善诱地讲解着，我对她说：我不相信钻石有这样的魔力。她一笑，说：可是你太太会相信啊！我也笑了，告诉她：大陆的夫妻更相信同甘共苦。

一个多小时终于过去了，我们获释出了地下室。车子还没有到，天却下起雨来。大家只好躲进一段走廊下等待。一只半大的狗摇摇摆摆走来，一副主人派头，毫不认生地用前爪抱住一位哥们儿的腿亲热不已，任你哄也好批评也好，就是不松开，惹得大家一阵哄笑。听说台湾人非常爱狗，尽管高雄的别名叫"打狗"，却不可以虐狗。后来这条狗又向我走来，一副无赖的样子，就没给它好脸色。上车以后，那位哥们儿发现自己的腿上被抓出两条血口子，我们只好冒着大雨送他去医院看医生。

车子走出高雄，雨不知不觉间已经停了。

车子在高速路上飞速行驶，车内电视上在播放蒋氏父子的历史风云，车外台南盆地在悠悠地旋转。午餐后继续向北进发，轻快的钢琴曲、提琴曲、吉他曲轻柔地在梦与非梦的边缘萦绕。山形变化万千；河流以中部山区为发端，在富饶的大地上浅浅地流淌，很写意的样子。在台湾是不能以河流的流向来判断方向的，大陆上"大河向东流"的经验在这里不好使。

大地上、山岭上草木茂盛，宛如年轻人的头发，本地人对这些植物会区分有用的或是没用的，但在我的心目中，它们都是绿色宝岛上一个个或强或弱的音符：灿烂的凤凰花，娴静的三角梅，甘甜的龙眼一簇簇悬挂在枝头，酸涩的槟榔果暧昧地摆在街边，高大整肃的竹林，纷乱的茅草或者蒹葭……什么都是可变的，但是这山山水水、花花草草、瓜瓜果果却永远是台湾人的生活。

南投到了，车子沿盘山公路直接把我们送进山里。导游小蔡说要带我们去看溪头的树。他还说这里曾经是日本人大肆砍伐桧木的地方，他们把名贵的桧木运回国，还没忘了在这里栽上从日本带来的柳杉，看来他们是打算永久地占有这片土地的，可惜柳杉不服水土，从1934年至今长得并不好。

现场看到的和小蔡说的有很大出入，这里的日本柳杉和台湾杉木长得都很好，树又高又直，密密麻麻，遮山蔽岭，无边无际。——估计小蔡介绍的时候是带着特定情感的。

林子里空气潮湿而芳香，是树木和花草散发出来的原始气息。大概是周末吧，林子里有很多本地人在漫步，都是来享受天然氧吧给人类的恩赐的。据说山的深处有一棵两千多年的神树，我们走了一个多小时才赶到那儿。神树果然大得惊人，胸径估计要有三米以上。神树和常见的古木一样，上面的枝叶像老人的发须，稀少而缺少生命活力；浑身筋骨裸露，有雷劈的痕迹。倒是老树怀里的几株曼陀罗长得鲜嫩，开着硕大的钟形花，鲜黄或者洁白，不过听说是有毒的。

林子里的气息很熟悉，让我想起小时候东北雨后的老林子。那里日本砍伐的松树更大更多，有些因为节疤太多就不要了，弃置在山里任其腐烂，东北人叫它们"倒木"。比较起来，日本人似乎对台湾还有些在意，看来他们已经把台湾当成自己的领土了。

幺妹子

随着"小姐"这个高雅称谓的低俗化，出门在外有时还真不知道该怎么称呼年轻女士。湖北来的一位老哥曾经戏言"出门三分小，见了姑娘叫大嫂"，结果被大家一通猛批。批归批，为了对女士表示尊敬的心情大家还是接受的。厦门流行叫小妹，"小妹，麻烦把醋拿点来""小妹，这件衣服怎么卖"，叫得既亲切，又避免许多误会和尴尬。

到了四川，大家还是习惯叫小妹。第一位接待我们的导游姓吴，她自我介绍说：我姓吴，大家可以叫我小吴或者吴导。不过我们四川对女孩子最亲切的称呼是幺妹子，即便是结了婚的，回到娘家哥哥嫂子也还是称幺妹子，父母称幺女。幺就是小，小就得宠么！说得大家哈哈大笑，从此就学着四川口音叫幺妹子，有几个好事之徒有事儿没事儿都要喊一声：幺妹子！小吴就乐颠颠地应道：么事？

这位幺妹子口才了得，刚打了个照面就和大家像老朋友一样熟了。上车不久就给大家介绍起成都的风土人情，从成都的天气讲到蜀犬吠日、麻辣烫，说成都一年能见到日头的时间差不多就二十几天，然后抬头看看车窗外，说：你们运气真好，今天有太阳！大家很开心，准备迎接旅程的第一个好运气。

走了大约一个小时吧，车子拐进了一个大院儿，停了。幺妹子十分体贴地说：大家大老远来不容易，下车买点特产带回去吧。大部分团友就高高兴兴下车去购物了，几个近期外出旅游过的就说：怎么一个景点还没看就让我们购物啊！不去！幺妹子也下去了。据上车来兜销物品的老乡说，导游要下去签单，这是旅游局规定的，同时还要到各个柜台领游客购物后的小票，凭小票可得到百分之三十的折扣。半个多小时以后，团友七零八落地回来了，手里或多或少都有些收获。有一位买了两个水晶球，花了四百多块钱。有人知道我对水晶比较内行，让我鉴别一下真伪。我不用摸，一看那两个球的个头就知道了，我说：这东西，俗名叫水晶，学名叫玻璃。大家大笑，有位搞化学的老师补充说：成分和沙子相同。买水晶球的那位红了脸争辩几句，然后一声不响收起来了，不知心里什么滋味。这两个沉甸甸的家伙伴随他六天，上车上飞机，一直背到海拔四千米的山上，又一路背回来。几千里路背过来，我想那两个叫水晶或者叫玻璃或者叫沙子的家伙真的值四百块了，如果当初跟随"神六"到太空转一圈，可能更贵重。

还没到乐山，幺妹子又开始张罗晚上到峨眉看演出的事了。她先从川剧讲起，然后说到"变脸"，很自然地引入风情表演。不常旅游的朋友问，要不要钱啊？我们笑，幺妹子也笑，笑完就说：一百八十元，现在开始报名。然后走到每个人面前劝说，现在不交钱就买不到票喽，那不是白出来一趟！不少人开始交钱。有几个宣布不去，幺妹子就有点不高兴。是啊，一个人可以净赚一百四五十块，你不去，幺妹子怎么会喜欢你呢！幺妹子说：你们不去看，晚上不要到街上走，这里人会宰客！可惜我们不是孩子，没听幺妹子话，上街逛了一圈儿，听三轮车夫说，一张票四十元，他去买只要二十。

　　这种车叫"趴耳朵"，幺妹子讲的。她说成都的辣妹子厉害，男人大多怕老婆，如果不听老婆的话，就要被揪住耳朵转圈圈，叫"趴耳朵"。只要男人做了什么不合老婆心意的事，老婆就喊一声"趴耳朵"，男人就乖乖地揪住耳朵转圈圈，所以"趴耳朵"就是怕老婆的意思。这种车子车斗挎在一边，原来是老公骑着带老婆的，所以也被叫作"趴耳朵"。听的时候大家都笑，说你们成都男人可真听话！后来想想，讲这故事竟是有些意思的：出外不敢花钱，你就是个"趴耳朵"！不过花了钱以后，我觉得那才真是被幺妹子趴了一次耳朵呢！

　　游乐山和峨眉，分别由当地导游小赵、小王负责，幺妹就只是跟随，所有门票、购物的收入与她无关，大家也就忘了身边还有个幺妹子了。

　　回成都的路上，幺妹子又一次活跃起来，讲起身体健康来。大家知道又要有节目了，果然幺妹子就说了：这两天大家爬了两座山，很辛苦，幺妹子一会带大家去洗脚，全免费。啊，太好了！所有人都喊，把幺妹子当亲人了。

　　进城不远，车停到路边。大家看不到什么洗浴场所，只好随幺妹子走向一座房子。进去以后看到许多接待室。刚在排放得整整齐齐的椅子上坐下，就有一个舌头挺大的女的来讲话，说的是藏药的神奇疗效。终于讲完了，进来一群男男女女，每人手里端着一只脚盆，盆里是褐色的水。脚是真累了，就不客气地脱下鞋袜泡起来，反正不是手，管它什么水呢。泡了差不多十分钟，那群男男女女又进来了，说是要给我们按摩。他们坐下以后，房子里顿时响起了嗡嗡的声音，向我们推销藏药。那场面是相当的壮观，将近三十张嘴一齐不遗余力对你进行一对一的劝说加恐吓，从健康到感情，你不听都不行，脚被人家抓在手里呢。

给我按脚的是个小伙子，还有些脸薄，只是不停地说先生买点吧，你不用可以给家里人用；先生你试试这个，先生你再看看这个……坐我边上的那位老师，给他按摩的是个年龄稍大的男人，我在躲避游说的时候侧脸看去，那双手似乎刚从建筑工地下来不久，他居然敢说什么穴位感到痛是心不好，什么穴位感到痛是肺不好。碰巧这位老师学过一些中医，就逗他说你把我的涌泉穴按一按，那家伙就抓住脚后跟拼命捏，还问疼不疼，把我们逗得要笑晕过去。

真有人买药，花了不少钱，那和花露水差不多的一瓶治疗各种骨质增生、跌打损伤的什么神水，要一百五十块呢！本来我想买一瓶的，小伙子让我试用以后，感觉那就是风油精，于是只好向他说抱歉，我身体倍儿棒，吃嘛嘛香。

洗脚出来，幺妹子喜笑颜开，看来收获不菲。上车后，一脸灿烂地问：我们今天晚上是吃定餐还是吃成都小吃？大家都说吃小吃吧，尝尝新鲜。她说：好，每人再交二十块钱，加上晚餐费就够了。是啊，再交二十块钱肯定够，因为那是他们旅行社定点饭店，我们回程还是在那里吃的，才想起另交的二十是不入账的，肯定是入了幺妹子的口袋了。

再往前行就出了幺妹子的势力范围了，接待我们的将是另一位幺妹子。

一哥们儿从远方发来一个短信：旅游感觉如何？我答：遇到的都是幺妹子，玩的都是"趴耳朵"。

幺妹子长得白白净净的，小巧玲珑。

迷失在草原

对草原的想象是由来已久的，内容也是十分丰富的。然而真正投身于草原，才发现以前的想象都太狭窄、太局促了。任何一个没有见过草原的人，都无法理解草原之大。

人类渴望高度，而实际生活却大多选择低处，因此，草原上的城市都在盆地里，古话叫"逐水草而居"。公路也大多沿着长满矮矮的青草的山坳修建，纵目远眺，四周都是隆起的山包，这些山包就成了大地与天空的缝合线，大朵大朵的白云仿佛停在明亮而湛蓝的天空，投下大片大片的阴影，在草原上缓缓地游荡。"天似穹庐，笼盖四野"，古人说得对，也不对——或许只有在草原上，你才会相信，天是圆的，像穹庐，这是对的；不对是因为你分明地感觉到天空似乎无法覆盖住草原。

车子飞速前行，但是你觉得还是太慢了，以这样的速度是不可能走出草原的，于是心便在车子前面飞，渴望前面有一座高高的山，飞上去，眺望一下草原的尽头。车轮时而高过草尖，时而在草尖上飞驰，时而像陷入了草丛里，无边无际的绿草和小花不是向后闪过，而是在围着车子旋转，车子无法冲出草和花的重围。终于沿着缓坡上了山梁，心里一阵轻松，以为终于找到了草原的边界，可以对草原有一个完整的把握了，可是呼的一声，天边和草原的切线随着目光又弹向了远方，让人再次陷入无可奈何之中。

　　草原真美啊！缓缓起伏延展的平坦的草海，像星星一样闪烁的黄的、白的、蓝的小花，零散或者成群的牛、马、羊……然而，刚刚投入草原，你没有心思去欣赏这些，人一直被一个念头紧紧揪住：草原，究竟有多大？这种无法掌控的感觉让人陷入隐隐的压抑之中，甚至感到有些苦恼。随着山梁分割出来的边界一次又一次地被打破，没有人还敢相信自己能把握住草原，一种厚重的困倦竟然悄悄袭来。可是谁敢睡呢，谁敢错过跳出草原那一瞬间的心灵自由呢！

　　所有人都不说话，都在静静地等待草原告诉我们它到底有多大。除了太阳的指示，草原没有方向，没有一棵树，偶尔能看到一两个蒙古包，又远又小，像一朵朵白色的小蘑菇，也没有牧马人或者牧羊女，所有的畜群就这么自由自在地在草地里悄悄地吃草或者静静地卧着。唉，这才是牲畜应该过的日子啊！心底幽幽地叹息着，为草原的广袤，也为牧群的自由。

　　车载电视里播放着连续剧《成吉思汗》，把眼前的草原又推向了历史的纵深。抢婚，游牧，征战，杀戮，好人与坏人，忠诚与背叛……草原上曾经发生的一幕幕生活不能用汉人的思维去理解，它们属于蒙古包、勒勒车、战马、弯刀和马奶酒滋养长大的蒙古人。

　　还是忍不住打了瞌睡，幽幽的歌声隐隐约约地飘进梦里，那是对草原绵绵的思念：

　　　　绿草也无垠 春风吹过来
　　　　你就是我魂牵梦绕的那一片海

美丽的草原别说我不在
我就是你身边那一朵云彩……

梦里的草原又成了走进草原之前的样子，人站在高高的山顶上俯视着，东西南北各有其度，深深的牧草、骑马奔驰的少年、盘旋的雄鹰、茂密的白桦林围在草场的周围……唉，人所追求的辽阔其实都是在视野之内的啊，一旦事实超越了视野，得到的不是自由反而是苦闷。

从迷迷糊糊中醒来时，天色已经晚了，暮色正从遥远的山坡后面慢慢升起，相信那就是天边了。然而路像一条灰色的飘带还在向草原深处游动，草原还在围着车子旋转。只有西天渐渐浓起的晚霞，像一扇通向草原外面的窗户，可以通过想象去窥视一下草原以外的生活。

那情景

·亲情在握·

久已失修了　断墙
苍苔斑驳
几枝枯蒿在晚风里窸窣

一枚旧式纽扣嵌在泥土
锁住我幼年的困顿　和
不作他想的幸福

如果可以　真想
把断墙那边的苦难打一个包
我愿意　终身背负

夏日落叶

炎热的中午，静静地坐在榕树下，一阵风吹来，身上顿时清爽很多，接着是簌簌的声响——榕树已经失去了生命的叶，折了翅的蝴蝶一样纷纷飘落，很快就把地面覆盖起来。坐在这里，是为了送走我的儿子，他随我到这南方的城市来玩儿，陪我度过了最炎热的日子，现在要回家了。

我说不清自己的心里是一种什么样的滋味。儿子倒是很高兴，看到叶子飘落的样子，大声地叫着：天上下叶子了！天上下叶子了！看我没有反应，就又安安静静地坐下来等车。他还发着低烧，已经两天没吃什么东西了。坐一会儿，似乎有些烦了，焦躁地说：车子怎么还不来啊！他还太小了，落叶对他来说还很有趣，离别对他来说只是可以尽情地坐车。我能对他说什么呢？

小时候父亲要到东北去，出发的时间是在初冬的一个夜里，我一定已经睡着了，没有留下别离的记忆，只是第二天找父亲时，看到母亲在抹眼泪。转脸我就和小伙伴玩儿得忘记了一切，看着门外墙壁上贴满红红绿绿的纸片，就像我的儿子看到落叶一样觉得有趣，全然不知正是那些纸片让父亲不得不离开自己的家、自己的孩子。现在想来，父亲临走的时候，一定是把我摸了又摸，亲了又亲吧？他的眼里是否噙着一滴酸涩的泪？不知道，这一切，我都在睡梦中、在孩提的懵懂中错过了。所以，在我的记忆中从来没有父亲的泪水，即使在最寒冷的日子里，父亲总是微笑着的。但是，我相信父亲一定流过泪，不管是为了什么——这是我做了父亲之后猜测出来的。

在讨论方言的特点时，福建的一位朋友说：闽南话是许多语言里最直观的，比如说"眼泪"叫"目水"，从眼睛里流出的水，多么形象！当时我也觉得很有意思，现在想想才觉得不妥，泪和水的差别是非常大的，泪是有味道的，而水没有。假如幼年时我看到父亲流泪，可能会相信那就是"目水"吧，但现在不相信。

当年看到那些连省城都没有去过的父亲，我幼小的心里充满了自豪：我的父亲，是走得最远的父亲！我相信我的儿子现在心里一定也满是骄傲，他的父亲可以带他到夏天落叶的榕树下玩儿，他一定会一遍又一遍地向外公外婆讲他坐的车有多大，他坐的船有多大，他看到的大炮有多少，他看到的鳄鱼有多少，他去的科技馆有什么好玩的，他吃的汤罐是什么样……也许他还会记起和爸爸坐在榕树下等车，那长着胡须的榕树会在夏天下树叶。但是，他一定不会知道爸爸为什么会到这遥远的地方工作，也一定不会知道他小小的身影走出爸爸视线的时候爸爸的"目水"。

快点长大吧，我的孩子！等你长大了，爸爸就不用到处漂泊了，就像那落下的树叶，回到属于自己的土地上，静静地休息。你认为好玩的生活，让爸爸感到非常疲惫，这是爸爸没法对你说出口的，现在不能说，将来也不能。

落叶无语，只有风沙沙沙地吹过枝头。

无可托付

梦见父亲对我说：照顾你妈妈的事，就交给你了。他要去哪儿呢？没说。

醒过来，错愕许久。父亲临终的时候是把我交托给妈妈的，让妈妈无论如何要把我带大。怎么现在到我梦里来让我照顾妈妈呢？况且，妈妈也已去世二十多年，我该如何照顾她？倚在床头，静静地回想梦里的情景，一切依稀。一道高高的山梁，四周怪石嶙峋，一棵老松树斜着伸向山路外。一切都在浅浅的灰色里，人也是浅灰色的，好像放映技术不太好的黑白电影。哥哥们也在，聚在一起休息。父亲从山的西侧凭空走来，径直到我面前，说：照顾你妈妈的事，就交给你了。

莫非，父亲去世的时候最不放心的人是母亲？那是一定的。母亲一生对父亲非常依赖，常说自己没什么本事，全靠父亲操持着家。可是由于社会纷纭，母亲却不得不和父亲分离，支撑着一家人走过艰难的岁月。后来带着一家人跋涉几千里，刚刚团聚几年，父亲却又突然要去了，多少留恋，多少牵挂。渐渐步入老年，突然失去精神的支撑，母亲应该如何面对面目全非的生活？

突然降临的灾难，没有给父亲渐渐衰老的过程，没有给母亲适应父亲慢慢离去的时间。智慧如父亲，一定知道任何安慰对母亲而言都是毫无意义的，所以他把我交托给母亲，让母亲在无可托付的责任中，不得不坚强起来，带着一家人承受这场突如其来的不幸。

如果不是这个梦，也许我永远也无法理解父亲，永远也不能明白其实他是把母亲交托给我们，交托给我。所幸我们都是在父母的陶染下长大，母亲的晚年非常温暖。——是温暖，我不能用"幸福"这个字眼，从母亲后来的所有言谈中，我能感受到，父亲去世在她心里留下的伤口从来就没有愈合。我对父亲年轻时的了解，都是母亲在父亲去世后零零星星讲给我听的。

父亲去世的时候，我不足十四岁。那一年从来没做过家务的我学会了挑水；一年后，母亲带着我们回到关内，没有粮没有柴，我们熬过了寒冬；一年后，我帮着妈妈张罗，盖起了新房……这段岁月里，母亲一直体弱多病，四哥也大病一场，我只能加快成长，尝试面对种种苦难。在我依然稚嫩的目光里，我发现母亲也在变得坚强，这是我的欣慰，更是我的力量。可是，现在回过头去看，却深深感受到母亲的急迫——她的年纪也渐渐大了，常说你舅奶奶才活五十多，我还能活多久？她要赶紧把家建好，要赶紧让我考上学校、工作、成家，否则，她去世时再把我托付给谁呢？

朋友在文章里说，现在身体有点不舒服心里就特别紧张，我倒下了，年迈的母亲托付给谁？年幼的孩子托付给谁？可不是嘛，当人生经历过种种酸甜苦辣之后，便再也无所谓崎岖与平坦、无所谓阴霾与晴朗，甚至无所谓梦与醒了。但是总有一些人是放不下的，是无可托付的，想想他们失去依托之后的伤感与无助，心就先为他们流泪了，所以还要好好地活着，好好地陪伴。"亲戚或余悲，他人亦已歌。死去何所道，托体同山阿"，陶渊明有田园同在，所以洒脱。我们连田园也不能拥有，只好与亲人、朋友相互取暖，谁也不敢轻言离去。

孩子的妈妈在讨论学生成长问题时说，人的成长有三个关键因素：关键人物、关键时间、关键事件。从教育科学角度讲，毫无疑问是正确的，不过很像在写一篇记叙文或者传记，没有人愿意接受关键人物的离去迫使自己成长这个事实。没有这样经历的人，说的总是道理而不是体验。于是我给她和孩子讲了我这个浅灰色的梦，他们都不说话了，静静地往嘴里扒拉洁白的米饭。

想起了"努力加餐饭"的诗句，可是上下文却不是亲人间的珍惜，而是别离甚或背弃，"思君令人老，岁月忽已晚"。人生的长度，让我们无法看到终点的样子，所以很难感受到珍惜的迫切。

母亲的油灯

　　小心地用手笼着一盏破旧的油灯，一豆弱光刚刚能够照亮眼睛，脚下的黑暗在摇晃。母亲在寒冷的夜晚，就这样从灶屋慢慢走向堂屋，后面跟着我和四个哥哥，我拉着母亲的后衣襟，哥哥们在我的后面数着天上星星的名字。星星的光在冬夜里，显得很锋利。

　　我问：妈，那个三女婿为什么老是哄骗他老丈人呢？那是妈妈刚刚讲过的故事。妈妈的故事很多很多，开头都是"从前啊，有一家人"；中间都是三个女婿的事儿，有的是祝寿的，有的是吃饭少给一支筷子的，有的是作诗的，有的是上山打柴的，有的是到玉米地里抓贼的，有的是交换衣服穿的，有的是买驴的……结尾呢差不多都是老大老二有钱有才却吃了亏，又穷又不识字的老三凭着自己的小聪明讨了便宜。我不知道母亲从哪里学来的这些"三个女婿"的故事，常常觉得那么多故事都是发生在一家人身上。

　　妈妈说：那个老丈人活该呀，谁让他偏心有钱的女婿！做老人的对所有孩子都应该一样的。可我还是觉得那个三女婿不好，孩子哪能想着法子哄骗老人呢！哥哥们笑我：长大了你也去给人家当三女婿吧,看你哄不哄你老丈人。我说:我不要老丈人,我就要妈!妈妈似乎在笑,声音颤颤的,手里那点萤火也随之颤动一下。她说:从小嫡嫡亲,长大淡淡亲啊……那时不懂什么意思,现在懂了。妈妈知道孩子小时候和娘亲,可是长大以后那份情感就渐渐淡了。——知道孩子长大就要离开,还是要百般疼爱,除了母亲和父亲,还有谁能做得到呢?

不知为什么,记忆中从来都是冬季的夜晚,母亲端着那盏豁了口的青花瓷油灯领着我们从灶屋走向堂屋。为什么夏天不需要端灯呢?也许这样的记忆只需要一次便成永恒了吧。带着故事留下的疑问,母亲小心地用手笼着豆粒大的灯火,我们便不害怕黑暗和寒冷,颇有兴致地走过那么一小段路,然后安安稳稳地进入梦乡。

后来用上了电灯,母亲的那盏破旧的油灯不知落脚去了哪里,想是在角落里寂寞了一段时间,终于被尘埃掩埋了。没有了那一粒灯火,我们并不曾失落过,因为母亲在,所以生活里总是亮堂堂的。等到父亲去世了母亲也去世了,才知道生活中有些地方不论什么灯光都无法照亮。

伊能静在怀念父亲的文章《坚强》里说:"我害怕承认你离去,就等于承认此生渴求将永远消失。我欠缺的我此生无法拥有,那会成为无父的孩子的事实,让我毫无面对的勇气。"这样的心境,不是亲历痛失父母的人是写不出来,也无法体会的。——父母,一生只能拥有一次,失去了,生命就多了一大片黑暗……

所幸还有母亲端着的那盏破旧的油灯在我的记忆里摇曳,并且我相信,那盏简陋的油灯是父亲在母亲的催促下或者端详下亲手做的,它可以在我陷入黑暗与寒冷的时候给我一些勇气和温暖,而且永不熄灭。只不知道灯上的豁口是谁打破的,我的父亲是绝对不能容忍这样破旧的东西的,估计是我的哥哥们或者姐姐干的,所以母亲舍不得扔掉。——对于母亲来说,孩子的过错也是可爱的,要小心地保存到记忆里，偶尔拿出来和大家一起欣赏，或者独自咂摸。

莫非，母亲也以孩子为她的灯么？即便如豆，即便不省油，即便跑到遥远的地方，也让她有了面对衰老甚至死亡的勇气。一定是的。

谎　花

　　花什么时候说过谎呢？可是有一种花被称作谎花。那是只开花不结果的花。

　　小时候，家前屋后到处都被妈妈种上了瓜，冬瓜、番瓜、吊瓜、丝瓜……只要那一小块土地容得下瓜秧就种一棵，夏秋就会有各种各样的瓜躺在草丛里，或者吊在瓜架上。放学回来或者周末没事儿的时候，看着那些蓬蓬勃勃的瓜叶，会突然感受到大地的伟大，那么不起眼的泥土，竟能长出如此丰硕的生命。有时会踮起脚尖——瓜秧和叶柄上长满了细刺和绒毛，要非常小心，弄不好就会被㧟出一道一道小口子，人家那是正当防卫啊——踮着脚尖到瓜丛里去看看，平时看不到的瓜就在草丛里若隐若现，让你发现一个又一个惊喜。

　　看得激动了，抽身跑回屋里向妈妈报告，哪里哪里有五个大瓜，哪里哪里有三个大的四个小的。妈妈笑笑说：你数漏了两个，那堆小树枝下面还有个小冬瓜，矮墙外石头下面还吊着一个大瓜呢。我真没想到，妈妈对地里的瓜竟然了如指掌。妈妈说：这有什么奇怪的，每一个瓜都要 chāi（这个字不知道怎么写，人工授粉的意思）的，要不就都成谎花了。

  这个，我是知道的。从瓜们开花那天起，每天清晨妈妈都要巡视她的瓜，看到开的花后面有个小瓜菈，就要找一朵没有瓜菈的花盖在上面，否则就有可能长不成瓜。长大了，就知道那是人工授粉，还知道蜂啊蝶啊都会传递花粉，所以有时不 chāi 也能结出瓜来。

  有的时候找不到新长出来的瓜菈，妈妈就会说：怎么尽开谎花呢？我不太明白，问妈妈为什么叫谎花。她指着开成一片的黄色大花说：哎，就是那些，光开花不结果，就跟人说了一个谎话一样，让别人空喜一场。后来查阅资料，进一步了解了"谎花"，它们是雄蕊，或者雌蕊已经退化成一个小骨朵，这种花不能授粉，所以只能开花而不能结果。我不知妈妈所说的谎花包不包括雄蕊，按理说雄蕊可不是个谎言，它在瓜的生长中也是很重要的呢。不过，即便妈妈说得不科学，也是不该算错的——在种瓜人的眼里，没有果实的花可不就像说了一句空话！

  妈妈生病的那两年，瓜也还种。我已经离开家了，不知道是谁播种的。春天请假回家看妈妈，看到到处盛开的黄色花朵，一朵蝴蝶或者一只蜜蜂从一朵花里飞出来，又飞进另一朵花里。我到妈妈病床前，告诉她外面的瓜花开了，我去帮她 chāi 瓜。妈妈吃力地笑笑说：别去弄那个，去做你自己的事吧，天天守着妈妈，你就成一朵谎花了。

  那年初冬，瓜都收完了，妈妈去世了，我在外地上班，没赶上送她，对于妈妈来说我成了一朵没有用处的真正的谎花。早知妈妈走得这么匆忙，我宁愿让自己的生命里开满谎花。——花说了一次谎明年可以重开，妈妈却只有一个啊。

  后来再看到瓜花开，我总是有意无意地避开目光，不想去分辨哪朵是谎花哪朵不是，不想去看蝴蝶、蜜蜂从这朵花里飞出来，又飞到另一朵花里。

又是深秋,扁豆紫色的花还在清晨的冷露中怯怯地开着,路边的雏菊也显出清癯的孤傲,瓜花应该已经开完了吧?应该是收瓜的季节了。可我依然不明白:不结果子的花何曾说过谎,为什么人们非要叫它们谎花?

开给父亲的花

我曾经捧着一束康乃馨，彷徨在母亲节的街头，找不到我心爱的妈妈。然而我不知道，这个世上是否有一种花专为父亲而开放？

在我很小的时候，父亲经常用狗尾草给我编织小狗小猫小羊小兔，一边编着还一边唱：小巴狗，上南山，驮大米，做干饭；爹爹吃，奶奶看，馋得小狗啃锅沿……唱完了，也编好了，毛茸茸的小动物排成一行，演绎着我童年的快乐。父亲四十七岁那年我才来到这个世上，等我明白一点事理，父亲已经做了爷爷，于是我就和侄儿一起享受着他的慈祥。我们争着去摸父亲的下巴，毛茸茸的有些扎手，就和摸着那狗尾草一样，所以在我的直觉中，父亲总是和长满每个角落的狗尾草融合在一起。

哥哥姐姐都有惹父亲发脾气的经历，他们谈起来总是那么津津有味。可惜我没有，我是在父亲黄昏般安详的目光里长大的。也许父亲意识到我能享受的父爱最少，即使在我淘气的时候，也像是毛茸茸的狗尾草，看上去发须乍开，摸上去却是软软的。我不知道我蹒跚学步的身后、蹦跳上学的背影是否沾满了父亲爱怜的目光，但我记得我从大病昏迷中醒来时，父亲的胡子长出好长，我用小手去摸它，父亲就把我的手指咬在嘴里……

是啊，我的手指头上也开着父亲的花。冬天清闲的日子里，父亲把我抱在膝上，坐在阳光下数我手指头上的花：一斗穷，二斗富，三斗四斗该账户，五斗六斗背花篓，七斗八斗满街走，九斗当二官儿，十斗当大官。我不知道父亲从我还不曾长清晰的指纹里读出了什么，高兴地抓着我的小手拍起来说：小儿子有出息，小儿子有出息！也许那只是父亲的一个愿望吧？接着他问：长大挣钱给爸爸买什么？那个年月，我不知道什么是父亲想要的，看着天上的云朵想了很久，觉得最好的东西就是上次父亲出远门儿给我带回的糖果——那是最甜的糖，是父亲省了午饭钱买的。我仰起脸对父亲说：糖！父亲笑了，仿佛嘴巴里正吃着小儿子买给他的糖。

可是父亲没有吃上小儿子买的糖，他还没有把儿子带大就独自去了另一个世界，一辈子得到的小儿子的回报，就是一顶单帽。当时学校收集草木灰做钾盐，每个学生都有任务。我挨家挨户去收集，然后缴到学校去。学校离家挺远的，有雪的时候我可以用小雪橇拖过去，没有雪的时候我只能用窄窄的肩膀扛着去。每次我扛起一袋草木灰走向十里外的学校，父亲和母亲总是站在桥头久久地望着，直到小儿子瘦弱的背影落到那片树林的背后。一斤草木灰一分钱，一年里我竟然挣了五块多。

拿着自己挣来的钱，我没有给父亲买糖，不知怎么就想起要买一顶单帽，也许是看到父亲的满头霜花了吧。接过帽子，我分明看见一缕潮湿从父亲混浊的眼眸里闪出来，溢向纵横交错的笑纹——那是一朵饱经风霜的老菊。知道父亲高兴，我的心里砰地绽开一朵鲜红的花。

帽子给父亲带来的笑纹还没有收拢，父亲就匆匆地远去了。就是二十九年前的今天，一个秋高气爽的日子，坡地里的向日葵鲜黄的花瓣儿还在朝着夕阳微笑，一粒粒种子还没有酿出芳香的味道，他就一个人住到了枫树覆盖的山坡上。呆呆地看着云来云去的天空，我不知道秋霜会在倏忽之间收走所有花的笑颜，包括父亲坟边的野菊花。我的世界里凋零了所有色彩，坠落的花瓣漂浮在朦胧的河流里……

　　二十九年，父亲的小儿子走过了无花的花季，正在人生的秋天里寻寻觅觅。现在我可以为父亲买很多糖，买很多好看的帽子遮住父亲的满头霜雪，可我却不能到家乡的坟前给父亲送一束鲜花。能寄往遥远天堂的，只有儿子眼里的泪花……

背　影

　　我不知道你小小的身躯里装着一颗多大的心，以你七岁的年龄要去面对一场你一无所知的手术。是的，用你的话说，不就是立体视觉不太好嘛，有什么了不起！可是你也许还无法理解，你身上的一点点瑕疵，在父母的心中都是装不下的，你承载的愿景只有一个，那就是完美。也许这对你的个性、你的年龄来说是很不公平的，可是天下有几个父母敢让自己的孩子承担瑕疵？

　　为了你的眼睛，已经走过好几家医院了，来北京这也是第二次。多少矛盾、犹豫、焦虑在心里徘徊，纠结，委决不下……这次是下了狠心了，手术一定要做！再不做就来不及了，最佳的矫正年龄即将过去，不能把遗憾留在你未来的生活中。

　　是啊，来北京求医很麻烦，不好排队，不好住院，可是你的叔叔阿姨们都帮着解决了。术前检查一个接着一个，也许你还懵懂无知，竟然不知道害怕，不知道这一切活动正在把你一步一步地送上那个连爸爸也畏惧的手术台。只是在血检的时候你才觉得害怕，因为要抽血，你的经验里已经有了扎针的痛苦，于是百般哀求：爸爸，能不能不抽血啊？爸爸，能不能不抽血啊？……我不知道你楼上楼下念叨了多少遍，说得爸爸心都酸了、软了，但还是要坚决地告诉你：不行，要听医生的话！是啊，要听医生的，到了医院爸爸说话就不管用了，你只好乖乖地来到采血室，只好举起你细小的胳膊。那个年龄长一些的医生阿姨多好啊，说是小朋友啊，让我来吧。别怕啊，阿姨抽血一点都不疼。我用手捂住你的眼睛，不想让你看到六管鲜血是如何从你小小的身体里取出来的。也许阿姨的技术真的很好，你没觉得怎么疼，于是开始贫嘴了：阿姨，好没好啊？再抽我就要哭了。你很坚强，没哭，倒把阿姨逗乐了。

等待专家的三天里是你最开心的时候，虽然不能出去玩，也知道手术在一天天接近，但在你幼稚的心里，只要没到眼前，那就是很遥远的事吧，顽皮得像过年一样开心，毕竟父母一直陪在身边的时间不多，而且是在外地，住的地方和家里不一样。

7月23日通知第二天早上不给你吃饭喝水。24日专家来了，还是前几天在同仁医院给你检查的刘叔叔，一个笑眯眯不太爱说话的小伙子。例行的术前复检，你泰然自若，一点都不紧张，很配合。但当走进长长的走廊，你意识到手术就在眼前了，又开始哀求：爸爸，能不能不做手术啊？爸爸，能不能不做手术啊？……孩子，你知道爸爸肯定不会答应，还是抱着一线希望。我说：不行啊，做了眼睛就好了，以后就能看清这个世界了……只有半个小时，很快就好了。你说：爸爸，做手术的时候你在我身边好吗？我说：我就在门外等你出来。签字，患者那一栏你要自己写，于是你为自己作了此生对你来说最重大的决定；家属那一栏我签，其实我作出的也是此生第一个重大决定。

手术室门外，我和你妈妈被医生拦下了，以为你会哭喊，你竟很勇敢地走了进去。通过玻璃门，看你穿着大人的病服，两只手裹在袖子里，蹲下，很不方便地穿上鞋套，医生给你戴上蓝色的帽子，然后牵着你的小手向爸爸妈妈看不见的房间走去。

一直以为你已经长大了,此时才深深感到你是那么瘦弱、那么幼小。你袖子一甩一甩的背影就这样一直在我的泪水里晃动。也许你还不知道父亲面对孩子也是很脆弱的,那一刻爸爸竟然觉得自己是天下最无能的父亲,不能不让自己的孩子受苦,也不能在孩子受苦时陪在身边……

一切都很顺利!感谢上苍,你又回到了爸爸身边,虽然眼睛上绑了厚厚的绷带,虽然麻药还没有完全消失,但你的脸上却带着淡淡的微笑,是知道一次磨难终于过去的开心吗?是觉得回到父母身边的踏实吗?是术后的疼痛还没有到来吗?是想安慰揪着心的父母吗?……你竟然带着微笑回到了父母身边——孩子就是天使啊!

琐事叮当

1

周末去孩子外公家看看，老人正在小院儿里给他的小孙子编窝篮呢，我便蹲在边上看。

老人的手很巧，年轻时什么都会做。这在情理之中，父亲去世早，他是家里长子，什么都得扛起来，要和老母亲一起把一大串弟弟妹妹带大，什么活都得试着做，做了也就会了。可见世间没有什么事是做不到的，问题是逼没逼到头上。

看了一会儿，我忍不住拿起柳刀帮他把编好的地方敲敲紧。老人年龄有些大了，手上劲儿不够，编得有点松。看我静静地做，老人笑了，说：不外行啊！是，不外行。休学那年我跟哥哥学过，编过好多只筐。父亲去世好多年了，母亲年岁已大，那时我已经铁了心要做一个农民，编筐扎笤帚这些日常的事情不会做怎么行呢？要不是母亲死活不同意，我就没打算再复学。

曾经很庆幸听了母亲的话又去读书，否则现在已经是个地地道道的农民了。然而，有时又觉得也无所谓，在社会上东撞西撞的，看到太多莫名其妙的事情，和做个农民比，真难说好还是不好。不过我承认，农民是中国最吃苦的职业，他们的朴实主要来自不知道自己对于社会的价值，也不会表达自己的需求，只好默默地做，像一头拉磨的驴子，只盼着把磨拉完可以休息。其实一头职业的拉磨驴子是永远走不出那个圈圈的。

2

小区附近开了一家驴肉馆，据说味道很好，而且价钱公道，于是决定去吃驴肉。

"天上龙肉，地下驴肉"，没想过吃龙肉，就拿驴肉当龙肉吃吧。

既然是和龙肉相提并论的肉，自己吃了而老人不知其味，心里不安。让孩子妈妈去把两位老人和孩子舅舅一家都接来，一大家人坐在一起吃才有意思。老人家吃得很开心，笑得满脸皱纹。看着比自己吃更舒服。

其实我小时候没经历过缺吃挨饿的生活，甚至也没感到吃肉有多困难。父亲和母亲很会打理生活，所以我们虽然并不富裕，却总是生活得很有滋味。可能是听长辈和哥哥他们讲挨饿的往事听多了，凡是涉及食物，心里总有一个地方软得站不起来。小时候遇到特别些的食物，如果父母没吃，心里就特别酸楚，常常刚吃两口心里就哭了。现在生活真的很好了，可是这种心理一直改不过来。这性格，可能就挺驴的。

3

孩子外婆不知从哪里捡到大半瓶汽车蜡，找给我说：看看这是什么东西？你的车能不能用？我和孩子拿着往车上涂了一些，用软毛巾搓搓，觉得真跟皮鞋上了鞋油一样。告诉她能用，车子擦得很亮。她高兴得不得了，又说不知谁这么大意把这么好的东西弄丢了。

读过一些文章，说让老人家觉得生活有意思的最好方法，就是让他们觉得自己对他人还有用。刘燕敏还说她眼睛已经失明的祖母在一家人的鼓励下，不断试着帮家人做事，为此活到一百零三岁呢。

那天和同事聊起老人的生活，我说：做孩子的时候为了让父母高兴，天天学着怎么做个大人；等父母老了，倒要回过头想想怎么才能做个像样的孩子。大家都有同感。在传统文化中，最不喜欢的就是那个《二十四孝图》，像"老莱娱亲"之类的，简直是拿老人和自己不当人，孝敬根本不是那么回事儿。

一直主张教育行政部门和学校应该认真考虑一下家长培训的事情，社会对家长要求越来越高，有些家长真的无法胜任家长之责，应该让家长懂得一点"发展心理学""沟通的艺术"之类的常识。可是作为子女是不可能有人培训如何照顾老人的，只有自己摸索。

4

和小狗泰迪生了一天气，原因是只要你眼睛不盯着它，它什么坏事都干得出来。叼东西现在已经算不上什么了，呵斥几句，捡起来也就完了。最让人受不了的是爱上桌子，尽管所有吃的东西已经坚壁清野，可是一只狗站在你的餐桌上，你的心里是什么感受！跟孩子商量：把它送走吧，好不好？孩子坚决不同意。我说我快疯了，孩子倒来嘲笑我：你跟一只小狗较什么劲呢！

那么，我该跟谁较劲呢？说真的，我不是个爱较劲的人，连较真儿都算不上，这么多年风风雨雨，再硬的石头也磨成鹅卵石了，而且人格在一天天地变小。但是再小的石头也是石头啊，也有自己的硬度啊。许多莫名其妙的事情在发生，却没有人站出来说一声"我对这件事情负责"，有时觉得这世道还真有点像小狗泰迪，特别无赖。

跟人都不较劲，却跟一只小狗较真儿，说起来自己也真是不咋地，除非我能让孩子相信，我与之较劲的不是一只小狗，而是那种无赖相。

米

  小学的时候读过一篇课文，题目叫《几粒米》，讲的是"我的小叔叔"因为饥饿抓了地主家几粒米被活活打死的故事。故事的真伪不敢妄加评论，但是当时我是信的，所以对米一直充满了敬畏和珍惜——要知道，那是人命啊！

  母亲讲，三年自然灾害的时候，外公病倒了，我母亲去看他的时候，他对我母亲说：孩子啊，哪怕有几颗米熬点汤喝，心里也好受点啊！母亲手里连一颗米也没有，只能流泪。当天夜里，外公就饿死了。所以，我还没出生就失去了外公。

  米是好东西啊，能让人活命。

  不过，米来之不易。我经历过米生产的全过程，从选种、播种、薅秧、插秧、施肥、喷药、拔草、收割、脱粒、晾晒，一直到加工成米。其中的辛苦只有亲身经历过的人才能真正体会，播种的时候水还刺骨的冷，却要毫不犹豫地脱光脚走进泥水里；薅秧的人要坐在矮矮的板凳上，整天整天地把手脚浸泡在水里；插秧最难以忍受的是腰酸背痛，好不容易一趟插到头，却无法坐下来休息，因为到处都是黏糊糊的泥水；喷药如果是粉药要在露水未干时喷，否则不能粘到叶子上，而水剂则要在阳光最好的时候喷，这样才能达到熏蒸的效果，稍不留神毒药就会顺着张开的毛孔进入人体，让人中毒甚至致命。

如果收获过程中不小心，金黄的稻谷就可能进不了人的饭碗。熟的时候会被鸟雀吃掉，收割的时候会碰掉，运输的时候会摔掉，扬场的时候会迸掉……一粒晶莹的米，要经历七灾八难才能变成食物。很多人捧着一碗洁白的米饭，可能只感受到那幽深的清香，而对背后的辛劳知之甚少。

米不仅仅是物质，也是种田人的作品。他们从耕种过程中感悟生活哲学，说"土不欺人"，那意思是，你付出多少才能收获多少，只要不偷懒，土地总会给你一个满意的答案。我的一位堂哥家的女儿名字就叫"大米"，如此朴素的名字，却让人产生洁白、晶莹、清爽的美感。美学上说实用的观点无法产生美感，那是学术，在淳朴的乡村，人们就能把实实在在的生活和对美的追求融合在播种中，整饬的田塍、横竖成行的秧苗、色彩缤纷的瓜花果花、金黄的稻谷、晶莹的大米，还有孩子们带着田园气息的名字。

从乡村出来的人留恋这些东西。二姑姑十几岁就在城里生活了，可我的小表姐名字却没叫什么"丽"或者什么"娜"，她叫"小米"。"小米表姐"，叫起来特别亲切。

记得给学生讲"词素"这个概念的时候，我举的例子就是"米"。我说稻子去掉壳叫"大米"，谷子去掉壳叫"小米"，花生去掉壳叫"花生米"，这些词里的"米"都是一个词素，连虾子去掉壳的"虾米"也是由此而来；那么"一米长"中的米和前面说的"米"还有没有关联？学生一下子就听懂了。

尽管有些"米"已经和米饭的"米"毫无关联，可是凡是带"米"的词语还是让人产生亲切感。台湾著名绘本作家几米，本名廖福彬，其笔名来自其英文名 Jimmy，在我还不了解他的真实身份、只读到他的笔名时，就觉得他的画一定是很美的。

  年前回老家，二嫂非要让我们带些新米回来。每次端起亮晶晶的米饭，我都要想起挂在他们腮边的汗珠，想起粘在他们灰白发梢上的草叶。他们都是六十多岁的人了，儿女都在外地工作，所有的事情都得自己做。而他们得到的唯一回报，大概就是在外工作的亲人拿走大米时的满足感吧。二哥说：地都被征了，以后想吃自己种的米也不容易了。

  一粒小小的米，凝聚着人们多少心酸和快乐。我现在吃着米的时候，知道感激我的兄嫂，可是在吃那些不知来历的米时，我却不知道应该感激谁，唯有默默享受米的美好。

· 友情如歌 ·

老朋友啊，再见到你
我不能再说你真的很年轻了
如果我们真的都还年轻
何苦要用年轻互相夸奖

那么，就让我们素颜相见吧
让我们从彼此的沧桑中
追寻记忆中曾经年轻的痕迹
寻找汗与泪腌渍成的
不屈与退让

站在地球的边缘

那天打电话找朋友吃饭,从上午到傍晚,一直无人接听。后来终于有了回音,很生气地问:你跑到哪里去了?朋友笑嘻嘻地回答:我在地球的边缘。噎得我半天上不来气。小儿子在边上听到了,大声地说:小心点,当心火星撞地球!

笑了一阵以后禁不住想:地球的边缘在哪里?只要我还相信地球是圆的,我是找不到它的边缘的,也就是说我无法知晓我的朋友究竟在哪里;可是,如果地球真是圆的,不论我往哪里走,最终总是能够找到他。尽管见面以后,我的小儿子反复拿这句不着边际的话嘲笑他的叔叔,可是我的心里却非常喜欢这句话,因为它很准确地传递了这样的信息:我在,不必费心去找。我以为,情感的最高境界莫过于此吧——不必天天腻在一起,朋友也好,亲人也罢,彼此都有自由漂泊的空间,感情不是拴在双方翅膀上的金玉,可是一旦有信号发出,总能得到回应。我不想套用什么"君子之交淡如水"之类的格言,听到这句话的时候,我的眼前是湛蓝的天空,几朵晚云在随意地舒卷着,渐渐透出春意的晚风里有淡淡的鞭炮气味儿。

我不知道我这位学理科的兄弟怎么会想起用这样一句诗意十足的话来回答我，或许当时他的心境正是如此吧：悠远而淡然，甚至还夹杂着一丝丝寂寥和伤感。这是他一贯的生活态度或者说生活状态，也是我的。我们不能说不在乎什么，却又没觉得自己真真切切地在乎过什么。我们曾经在各自的岗位上打拼过，也算得上小有成绩，突然有一天很想出去走走，于是又一起去下海，当很多人用异样的眼光看着我们时，我们又先后悄然而回……这种无所求也无所失的心态，曾经让一位老哥非常诧异。一次在一起吃饭的时候，老哥很不解地问我：经历了这么多风雨，还能这样自在乐观？我没有正面解释什么，只说了一句话：生活是自己的体验，不是活给别人看的。如果当时我已经听到了朋友的这句话，我的回答应该是这样的：我站在地球的边缘，但不在生活的边缘。所幸这位老哥也经历过不少波折，居然能够完全理解，笑笑说：年龄不大，道行不浅。

　　我的一位长辈，生活总是纠结不清，仿佛这个世界上所有的事都与他有关系，一会儿惦记远方的兄弟生活不宽裕，一会儿又担心孩子工作太忙，一会儿抱怨物价上涨太快，一会儿又痛恨现在的食物毒素太多……我不能说老人家的牵挂、批评不正确，可是很担心他生活得不愉快——他不仅站在生活的中心，而且站在了地球的中心，生活像一场旷日持久的台风，把他的情绪紧紧地裹挟着，压得他透不过气来。有时看他生活得太累我会劝说他：这些事和你有什么关系呢？每个人有每个人的生活内容，你往边上站站不好吗？他无奈地笑笑说：我也想啊，可是我能躲到哪里去呢？

　　地球的确是圆的，所以它的边缘很难找到。但是如果你站在大海的边上，望到远方地球和蓝天相切的那条线，你一定相信这个世界上总有一个地方可以逃避烦恼，问题是你的视力是不是足够好，你的心胸是不是足够宽。相信，任何人都是在体验生活的味道，不管他是富贵还是贫寒，不管他是年长还是年幼，不管他是幸福还是不幸，生活都不可能给你什么永远拥有的东西，只能给你一种感受，而感受的好坏只在人的一念之间。所以，当一些事情纠结不清时，我喜欢问自己：在这件事里，你究竟想要什么？当我能够明确地回答自己时，我便从这件事里走了出来，站到了事件的边缘。

　　站到地球的边缘的确是够远的，需要我们有足够的定力与智慧。我希望有一天所有的人问我在哪里，我都有足够的底气告诉他：我在地球的边缘。

喝酒的三个理由

人，不论做什么事，都喜欢找个理由，哪怕是做一件坏事。

当然，喝酒算不上什么坏事，可在我儿子和他娘的眼里，却也不是什么好事。他们经常劝我别喝酒，让步的时候说：唉，少喝点。他们是有理由的，因为喝酒多伤身体；他们让步也是有理由的——一个男人，哪能滴酒不沾呢。

呵呵，现在他们都睡了，我来讲我喝酒的三个理由。

1

前天傍晚，陈武兄来玩。跟我说：出本书呗。我说写得还很不像样子，不要浪费纸张了吧。

他说已经很好了，不光写了树，还写了叶子；不光写了叶子，还写了叶子上的文脉。他还说：我要是写散文，也会走这个路子。

他是位专业作家，很少写散文，以小小说为主打作品，在全国影响力很大。

是不是文字都要印成书呢？我还在嘀咕，我觉得还应该写得好一点再说，因为印成书就要请人家看，搞不好就把人家的时间给糟蹋了，于心不忍。但是请老哥喝酒是必须的，不管是鼓励还是鞭策，反正他说真的还行。

我是为教学生写作文拿写作来练手的，不是创作。我想知道学生在写作中会遇到哪些困难，我想找到解决这些困难的方法。但是，谁都知道，写作是很难找到规律的，因为每个人先天条件和后天经历差别很大，所以面对写作的心理感受不同，思维活动状态也不同，言语方式就更不同了。也不是没有写作书籍可供参考，可是大部分写作理论谈的其实不是写作，而是写作的产物，是作品，属于文章学范畴的事情。因此，我就得不停地写，在写的过程中寻找一点真切的体验，拿到作文课上去跟学生们分享。这些文字和写作的习惯就是这么来的。

可作家兼主编的老哥说挺好了，咱不得瑟一下能行吗？于是约了几个跟老哥谈得来的弟兄，就喝了。也不知这算不算理由，反正酒已经在肚子里了。

2

昨天显然是个喝酒的好日子，马上国庆节了，于国讲是庆典，于人讲是小长假，不意思意思多没劲！

有我这种想法的人肯定不在少数，因为是哥几个吆喝我的。

一个暑期对人的一生来说不算长，可是很多事儿都发生了变化：有的兄弟提拔了，勇挑重担；有的老哥从领导岗位上退下来了，圆满完成任务。不论怎么着，都是人生中的高兴事儿，一起祝贺一下还是很有必要的。

特别是喝酒的时候，一位老哥提起了桂花的养护，这更是喝酒的好理由——丹桂飘香的季节，也是虾蟹肥美的季节，如果耳目口舌之美都不放在心上，岂不辜负上天的恩赐？于是喝酒，陪弟兄们共度美好时光，这应该算个不错的理由。

3

今天呢，赴的是喜宴。孩儿他娘叔叔家的一个小老弟结婚成家，陪着老人去贺喜，见到了很多长辈平辈和晚辈，不喝酒肯定不行。

凡是家庭、家族，多少都有这样那样的小矛盾，听他们说说讲讲也是一件很好玩的事情。当事人可能都在情绪里，我置身事外，却能清楚地感受到，所谓矛盾其实就是彼此在意，只不过表达和理解的方式不太得当而已。

长辈们讲述着是是非非，完了还要问我：你是读书人，你说是不是这个理？我能说啥呀？笑笑：这个我断不了，我只要看见你们都在就高兴。他们说我滑头，我只好端杯敬酒。

我们离得远，开车要一个多小时呢，平时难得见面，人家都当稀罕人看待，那我就不能敬了这个不敬那个，一桌一桌走，嘴巴放在酒杯上蹭得多了，溜进肚子里的酒精也就多了。

还有一路风景呢。昨天风雨交加，今天晴空万里，沿海的高速路两边真的很好看。风很大，一只只洁白的海鸥像风筝一样飘浮在蓝天下，长长的翅膀扇啊扇啊扇，就是不往前飞；海英草已经红了，一大片一大片的，远远看去像一地晃动的火苗；还有芦苇，开花了，被风吹得跟一群一群跳跃的松鼠一样；稻子穗儿已经开始黄了，平展展地铺在大地上，村庄像放在田野里的装饰，车子像一列列排好队的小甲虫。打开车窗，秋味儿海味儿灌了满满一车，挺奢侈的感觉，不喝酒也要醉的。

我觉得上面这三点，怎么说，也是喝酒的理由，是不是。

窗　口

一周终于熬到头了，疯了一般玩了一通游戏，然后昏天黑地地睡了一觉，可是醒来依然疲惫不堪，浑身的别扭劲儿总是无法打发。窗外的天空灰蒙蒙的，看上去冷飕飕的，似乎上苍也有一肚子的东西无处倾倒——这真是让人无奈，人烦，天也烦。拿起电话拨出去，对方是一个过去的哥们儿。

喂，哪位？哥们儿声音还是那么深沉，略微带一点沙哑。看来他是忘了我的号码了，我记得一换这个号码就给他发过去的。

是我。听不出来了吧？我以为我的声音一出来，他会立即听懂的，以前我在人堆里说话他都能听出来。

您是？他真的没听出来——也难怪，毕竟已经好几年没见面了，怎么可以要求人家时时刻刻记住自己呢？不过心里还是一沉，因为他的声音我一直记得。一双鸽子从窗外的灰色天空下飞过，打了一个旋，噗噗地落到我的窗台上，歪着脑袋往屋里看，好像对我挺好奇的。我逗了它们一下，见它们不走，就想去找点东西来喂喂。我记得以前经常是一群飞来飞去的，不知怎么今天只有两只。

我一边唠唠叨叨对着话筒说话，一边找东西喂鸽子，可是怎么也找不到——我记得清清楚楚那包红豆就是放在这个柜子里的。我找到了红豆回到窗前，伸手去开窗，鸽子却一下子飞走了。以前不是这样的，那群贪吃的家伙，一见我在窗口出现，就咕嘟咕嘟地来讨吃的。看来它们只记得这个窗口，却记不得窗子里面的人了。

愣了一下，又凝神来听话筒里的声音：啊，你说的这个人已经走了，走好几年了。哥们儿说。我突然意识到我刚才跟他讲的可能是我们当初的一些事情，因为一直想着喂鸽子，没在意自己说了什么。

我赶紧接上话茬儿：哦，我就是他。我不得不自报家门。有时间吗？一起喝一杯怎么样？这是一句白话，以前我们相约一起喝一杯有特定用语，"晚来天欲雪，能饮一杯无"，今天没有心情，也是怕哥们儿不记得这句暗语。

真的是你吗？哥们儿的声音没变，但语气里还是能感觉到温度的。别吵了行不行！——我知道这是在和他身边的人说话，对我，他从来没用过命令的口气；但不知为什么，我的心还是哆嗦了一下，大概是在外面听多了命令口气的缘故吧。你说吧，什么事儿？哥们儿又转过来和我说话了，我能想象得出他的神态，左边嘴角叼着烟，左眼因为怕烟有些虚虚地眯缝着，脸侧向右边，用腮帮子和右肩夹住手机或座机话筒，两手习惯性地摸过一个本子或者一张纸，随时准备记录的样子。

没事儿。怪闷的，一起坐坐好吗？我听到拉窗户的声音，不知他是在开窗还是在关窗。但他窗外的样子我能想象出来，越过一棵齐窗高的小柏树，是一道生铁铸成的篱笆墙，墙外是一排高大的梧桐树。春天总在飘着似烟似雾的粉絮；夏天，阔大的叶片芭蕉扇一般遮出一片绿色的荫凉，隔开汽车的噪音，也隔开市井的烟尘；秋天叶子全黄了，只在叶脉处还残留一线线的绿意，是没有褪尽的生命，在晴朗的天空下一片片飘飞，或在蒙蒙细雨中悠悠地坠落；冬天最好，几根遒劲的大枝拧着劲地伸着，直指苍穹，透过枝条可以清楚地看到不远处的山和山腰上的那条瀑布，大自然毫不吝啬地把一幅巨大的风景挂在他的窗口。

呃——有什么事你就说吧，咱们弟兄还说什么，有话直说！哥们儿依然那么爽气。

真的没有什么事，就是想找你喝一杯。

嗯——要是这样——咱们改天好不好？你看，我手头还有一堆文件要处理……他应该说"你听"，因为我和他还隔着几十里的路呢，哪里看得见？听是可以的，他的电话里正传来一阵吵闹声，"大幺炸"，我知道有人在打时下很流行的扑克，叫"掼蛋"。

我说好吧。以前他找我的时候我也这样说过，说我还有很多文件没处理呢，他总是不客气地说：少来这套！有什么事比咱哥们儿喝酒重要！再不来砸窗户了！伸头一看，他经常就站在我的窗下笑笑地往上挥着手里的文件包。

放下电话，天已经快黑了。那两只鸽子正站在对面的楼顶上，头一冲一冲地，我听不到它们是不是在发出咕嘟咕嘟的叫声。打开音响，是唐磊的《菊花香》：

曾经的年少轻狂
有多少儿女情长
花开花落
人世无常
岁月流淌
像梦一场……

声音幽幽的。我忽然特别思念南方了，虽然那里不是我的家乡，可在那里的时候，窗外四季都是翠绿的凤尾竹和鱼尾葵，木棉花、羊蹄甲、七里香、凤凰花鲜明地点缀着，夜来香的馥郁经常随着晚风飘进来。我经常点着一支烟，不开灯，站在窗口向远方眺望，想象着每一扇明亮的窗口里面正在发生的故事。——也经常思念远方的亲人和朋友。

烟香缕缕

你的烟是不是越抽越凶了？……老婆打电话来告诫。我无法狡辩，因为自从决定离开厦门以来，不管有事无事，总是不由自主地把烟掏出来，点上，抽不到两口再掐灭。

认识老婆的时候我已经有了很长时间的烟龄了，她说：你跟别人不一样，别人抽烟身上有一种烟臭，你没有。于是很得意，不时地拿出烟来抽抽，至于为什么要抽，我自己也搞不明白，因为我知道不抽也行，没有什么生理的需要，也没有什么心理的依赖。在朋友当中，可以当着老婆的面抽烟是一件很有面子的事情。很多人为了抽口烟要跑到阳台上、厕所里，有人还要找各种借口，比如有了好事是为了庆祝，有了坏事是为了解闷，没有好事也没有坏事是为了消除无聊……有时到朋友家去，朋友看我掏出烟来，脸上立即洋溢出喜色，但是除了赶紧把窗户打开，还要不时地拿眼风去刮一下老婆。而我不用。

一次坐车出去，车上有人抽烟，老婆立即作出强烈反应：什么素质啊，车上老人孩子都有，还抽烟！没人理她，因为老人孩子们都没有任何反应。老婆开始捂鼻子,然后就找纸袋——她晕车了。我只好走到烟雾中那几个弟兄面前,掏出一盒好烟说:哥几个,抽我的吧。他们也不客气,伸手接了过去。我说:等车停了咱们下去抽好吗?在车上抽不太好。那几个家伙明白了,赶紧把烟掐了,说:你这人真有意思,不抽就不抽呗,还要告诉我们你能管住自己!呵呵。

后来我再也不在人堆里抽烟,在老婆面前抽烟也有些不自在,总是主动往阳台或者卫生间溜。老婆说:行了行了,别弄得跟贼似的,让别人说你抽根烟还受气。到老岳父家,我大多跑到院子里抽。一次抽完回屋里,听到老人正在教训女儿:男人在外,哪能不抽烟?别什么事儿都管,那还是男子汉吗!

抽好点,少抽点。这差不多是老婆始终如一的忠告。到现在我也搞不清孬烟对人体危害是否比好烟更大,但有一点是明白的——抽烟对身体有害。想想自己应该是幸福的,老婆禁烟是为了我的身体,老人不让禁烟是为了我的脸面,有了这两方面的关怀,我还缺什么呢?

到厦门以后一直抽石狮,虽然算不得好烟,但是非常合口味。老婆说:这烟行,我闻不到你身上有烟臭。可是一个哥们儿不喜欢,一起抽烟的时候他不爱接我的烟,说是抽了头晕。那就换吧,如果连臭味都不能相投,那还算什么哥们儿!老婆见了问:怎么换烟了?我说了原因,她就笑了,说:可以可以,这烟也不臭。我不知道厦门产的七匹狼是不是真的不臭,抽烟人自己是闻不出来的,但是我想老婆一定是理解了我:对男人来说,友谊经常比生命更重要。

一个哥们儿要回老家了,送他上火车。这一别,关山万里,何时相见都在难料之中。火车慢慢启动了,我掏出一根烟点上,他也在车窗里做着抽烟的动作,直到列车在我的眼中模糊、消失,我才把早已燃尽的烟蒂丢进垃圾箱——这是我抽过的烟中最苦涩的一支。

记不清在哪本书上看过这样一句话,"抽烟也是哭泣的一种方式",这应该是男人爱抽烟的原因之一吧。

一路桐叶

一棵树如果没有故事，那是不能被称作树的，可以叫作植物，或者木头。只要你说"有一棵树啊"，其实说的便不是树了，而是关于树的故事或者发生在树下的故事。

曾在一棵高大的梧桐树下站过整整两天，把能够到的裂开的树皮剥得干干净净。那一年大概是十六岁，到离家很远的地方去上学。秋天刚刚有点信号，梧桐叶子便大片大片地飘落下来，而看到绿中微黄的落叶，就开始想妈妈，想家，不想上学。后来就偏头痛了，眉毛掉了不少，只好请假回家。可是妈妈总是催着去上学，至少要办好休学证明。于是我跑到学校门口的大树下去站着，却不肯进校门。有同学看见，告诉了老师，老师出来问明情况，摸摸我的头说：要不就先回去吧，手续我替你办。那棵梧桐树就一直高耸地站在我的记忆里。尽管后来校门改了，路重修了，大树都不见了，我的记忆里还是站着那棵大树，从下面向上望，树梢仿佛够到了蓝天，树干斑驳，漫天的梧桐叶飘飘而下。

高考结束后的一个午后，几个人去看一位考得不好的同学。记得没说几句话，倒是同学安慰了我们，说没事的，父亲生前的朋友可以帮忙找到不错的工作，我也该帮帮妈妈了。走的时候，同学送了很远，最后又在一棵大梧桐树下站了半天。接着便是上学的上学、工作的工作，同学之间有过走动，也有过聚会，却再也没见过当年在梧桐树下互相劝慰的那位同学，才知道当年的那番话不过是临别的安慰，并非真实的心情，那些或高或低的笑声，早已如梧桐的叶子一样飘落到不知什么角落去了。当时应该是夏季，梧桐的叶子应该宽大而翠绿，可是每次想起往事，总觉得一直有梧桐叶子在飘零；而读到杜甫的"无边落木萧萧下"，眼前浮现的便是那一刻的错觉。心里知道，飘零的不是叶子，全是年少时的豪言与憧憬，还有年轻的容颜与心绪。

  大学校园门外也有一棵很大的梧桐树，报到的时候就注意到它了，因为它浓密的树冠几乎遮住了半个校门。也许那时我们已经长大，觉得它并不是很高。前几年同学聚会，发现它还在那里，依然繁茂。当时有几个家伙已经情窦初开了，往女同学的书里夹纸条，约人家周末晚上出去看电影。结果女同学没看到纸条，回家拿棉衣去了，害得一哥们儿在那棵大梧桐树下冻了几个小时，直到电影散场才哆哆嗦嗦跑回宿舍，给我们留下好长时间的话柄。每到秋天，那棵大树下面总是落满很大的树叶，有的还很绿，有的半枯。一个中午过后，那些落下的叶子便在秋天的阳光下卷曲起来，走在上面发出很响的沙沙声。傍晚的时候喜欢几个人一起去散步，其实一点情致也没有，不过是想逃避一下单调的学习生活罢了。有时会到临时搭起的小棚子里吃一碗面条，清水煮的，碗里放几段葱叶，抹一小块猪油，加上酱油，用开水一冲，那便是难得的美味了。吃完了，踏着一路梧桐叶往回走，沙，沙，沙，很有韵致，却没有人说话。艰苦的生活在一年一年的梧桐叶落里过去了，偶尔也还会弄一碗阳春面吃，调料加了很多，却再也吃不出当年的香甜。

到了今天的年龄，很多人已经开始宣布"乐天知命"了，仿佛一切世事皆已洞明，包括洒落在人生路上的梧桐叶子。每当听到这样的感慨，我总是在心里微微一笑：生活本来就无所谓好坏的，也没有什么东西好看破。就像我们今天所经历的，很多人似乎并不满意，可是如果把我们放回到古代去，那又是一番怎样的情景？也许我们很满足今天的日子，可是若干年后，未来的人该如何推测我们今天的所经历的一切？"天"乃规律，就如梧桐叶落，就如人生渐短，你必须懂得才知道如何去面对，而不是悲情地慨叹或对抗；而"命"却不是命运，而是责任、角色、心态——知道梧桐叶落于每一个秋季，是否知道应该如何面对一场场飘零的秋叶呢？大凡宣称乐天知命的人，往往恰恰是不乐天也不知命的，因为看多了桐叶飘落，就不应该有什么诧异——我们不就是这样踏着梧桐叶一路走来的吗？

　　"云母窗前生晓色，梧桐叶上得秋声。村落一鸡鸣"，无名氏的这首《忆江南》上阕写得很通透，可惜下阕的"老去悲秋如宋玉，病来止酒似渊明"难免有些哀伤，太过粘滞古人的体验，大约还没有真正听懂梧桐叶上的秋声吧。

茶的味道

我有不少品种的茶叶，都是朋友送的。不太熟悉的人，我会告诉他我不喝茶，因为怕茶味儿被送得不那么正。熟悉的人就不必客气了，但不能多，多了味儿太浓，也不好。朋友得了好茶，带一小包给我，说尝尝，味道不错，我就如获至宝。

给我茶最多的，是维建，他是我在厦门时的铁哥们儿，每年春节前后都要给我寄一大盒茶来，寄之前会给我个电话，要地址——多少年了，他还是记不住。我说你自己喝呗，我有茶喝。他也不说别的，只说又不是我买的，一起喝。他的老家是武夷山，产的都是好茶，大红袍、岩茶、正山小种、铁罗汉什么的。每次他都给我寄一大盒，包装精美，气势非凡。维建邀了无数次，可我至今还没去过武夷山，虽然那里的九曲溪一直在我的心头盘绕，朱熹、柳永也时常在案头晃动身影，可一直未能成行，原因很模糊，就像我对生活的感受一样无法确定。好在有维建的茶叶，时时让我感受着朋友家乡的气息，对那里充满神秘的向往。我一定会去的，每次都这样跟维建说。

茶喝多了，人的嘴巴会变得刁钻，有点玩物丧志的意思。

起初喜欢安溪的铁观音，那金黄的颜色，洗杯、暖壶、一小杯一小杯冲泡的氛围，让人在一种程式里获得娱乐般的情趣。可是渐渐地，有点不喜欢那种浓郁的香气了，觉得很可能是人工制作出来的，直截了当地说就是加了香精。这很讨厌。——好，是以真为基础的，真都做不到，遑论好在哪里。不论物是否真实，一旦引起人的疑心，就失去了它原本的形象。

后来喝杭州的龙井，清香扑鼻，没有一点苦涩艰生。一次在外地学习，人家送上来一杯龙井，杯盖还没打开我就嘟囔起来：上好的龙井。边上的同事很惊讶，问：你怎么知道？我说茶跟人差不多，熟悉了，看不见也能感受到他周围的气息。茶叶放得有点多了，喝得有些醺醉的感觉，渐渐喝出了清香背后的烟火味儿，感觉和茶生长的山水极不相称。龙井茶泡的时候总是浮在水面许久，气味比味道浓，心里难免有点意见：怎么跟个掮客似的，还没说话呢就把气势造得这样足！心念是个可怕的东西，会小题大做，还会无中生有。

家乡的云雾茶是最常喝的，好的茶价格相当不菲。我有一位远方的好朋友喜欢，得了好的一定会寄点过去。但是我不太喜欢，觉得有点烟熏火燎的味道，一泡苦涩，二泡甘甜，三泡就没什么回味了。可能是炒制工艺的问题，干茶没有稳定的形状，支支翘翘的，残茶又瘫软疲沓，仿佛成功了便趾高气扬，失败了就一塌糊涂。我知道，这一定是我对它太熟悉了，落下了"贵远渐近"毛病。这是人的通病，喜欢古老的或者遥远的，我当然无法免俗。

非常怀念一位老哥曾经给我的一小包雀舌。泡出来几乎就是水的味道，有点淡淡的甜，关键是那水被打理得温和圆融，在舌尖上像一粒粒珠子，骨碌一下就滚到喉咙那里，让人自己冒出一缕甜津。茶和人有许多类似之处，总想强加于人的未必被人接受，而能引发人融入的才让人难忘。任何人或者物都不大可能直接闯入别人，而只能触动别人，这才有味道。那天在单位的楼梯上遇到老哥，特意感谢他给过我一包好茶。老哥说：也是人家给我的，觉得好，就给你一小包，再也没有了。没有了好，让人惦记着，如果多到喝不完，也就不太在意了。那一刻我想起了维建，这个多才而内敛、深沉而耿直的南方男人，给人的感觉是哥们儿，一个让人安心、安静、安妥的哥们儿。

现在有很多茶有故弄玄虚的嫌疑，名字起得云里雾里的，价格也贵得惊人。一次朋友说带你去喝一次你没喝过的茶。去了，主人泡了金骏眉。的确是好茶，茶色金黄，放在玻璃的杯子里，富丽堂皇的；味道偏偏是内敛自然的，清淡而幽远，没有什么装饰。老板说刚刚研制出来没几年，正在推广。看了看价格，舌头吐出来就缩不回去了——几千上万一斤的茶，谁喝得起啊！再说了，喝了能怎么样呢！我不知道这种茶的成本究竟如何，总觉得是在自抬身价。茶是百姓人家的饮品，弄那么高的价位似乎就是贵族了，拒绝众生。最终这些茶的去向是可以推测出来的。

我涉足喝茶的时间并不太长，所以还喜欢饶舌。一位长辈来家里，我送他一盒茶，老人家喜上眉梢，说：你不知道，我嗜茶如命啊。可是他跟我们一起聊天从来不说茶的事情，不论你泡什么茶他都喝得有滋有味。这就是长者的气度吧。也应该是茶的真味。

咖 啡

前年吧,朋友去马来西亚,回来带给我一听深褐色的咖啡粉。包装盒挤瘪了一块,看上去挺那啥的。

朋友叮嘱我:这个不许送人,是我专门为你挑的,听说是用果子狸吃过的咖啡豆做的。

我喜欢咖啡浓香微苦的味道,喜欢它让人精神一振的力度,那跟温和的茶是不一样的。但是对咖啡却一窍不通,平时就是喝喝袋装的速溶货,三合一,一杯热水冲下去,什么都齐了。别说速溶货不上档次,如果心里没什么火烧火燎的事儿,也能喝出个一二三来,有的细腻温婉,有的柴硬木讷,有的回味醇厚,有的轻浮潦倒。咖啡这东西跟酒不一样,不论什么酒喝喝嘴巴就麻了,又苦又辣的,没什么区别,分辨酒的好坏要等到第二天,看看头疼不疼;咖啡是越喝舌头越清醒,清醒到咖啡、伴侣、糖好像一条一条顺着舌头进去,泾渭分明,因此哪路纵队宽哪路纵队窄,一清二楚。

要不说我不懂咖啡呢,我把朋友送我的咖啡粉当成"三合一"给泡了。

热水冲下去，这些铁矿粉一样的家伙不但没有溶解，反而忽忽悠悠地漂上来了，像吹茶叶一样吹了半天才把它们哄下去。轻轻地啜了一小口，味道不错，可是好像钻进来满嘴木头渣子。这是什么玩意儿啊！可是想起朋友叮嘱时的神情，还是坚持往下喝。一边翻着闲书，一边有一搭没一搭地喝着玩儿。嗯？怎么越喝味道越浓了呢？而且每一口都有一股劲道直往头上撞，刺激得人不由打寒战一样一哆嗦。等喝到最后，味道苦得人不得不赶紧喝下一口来解上一口的苦，似乎苦只能用苦来稀释一样。杯底积着厚厚的渣子，油泥一样淤在那里。盯着那淤泥看，此时已是满口芳香，仿佛一池莲花在静静的夜晚悄然绽放。

和朋友说起喝咖啡的体验，朋友大笑，说：怎么能这样喝呢？那是要放到咖啡壶里煮的。我没听他的，继续放到杯子里冲泡，继续去感受由淡而浓的层次——有时觉得它像一次落日，火红的太阳已经落入地平线，霞光把天空燃烧成亮黄、杏黄、橘黄、粉红、浅紫、粉蓝……一层一层漫延开来，把人带入一片空灵之中；有时觉得像读一本书，情节一点一点把人带入人物的世界，渐渐与人物合而为一，最后喜怒哀乐全跟着作者走了；有时觉得像一次爱恋，淡淡地喜悦着，热情地喜欢着，深深地眷恋着……最后不能不生活在一起。

读刘亮程的散文、张晓风的散文、严歌苓的小说，常常有相同的感觉，人家对生活的体验怎么就那么细腻呢，一点不起眼的生活小事，内心却产生曲曲折折的感觉、感受、感悟，直把话说到你心里去，让你看到生活的样子和本质，让你觉得其实生活那么自然、那么美好，即便是身在其中时淡漠过去的或者感觉不舒服的事儿，也被那些带着作者气息的话语抚摸得服服帖帖，满口余香。他们才是真懂生活的啊，我们经常只是喝了杯子上层的浮渣，或者只喝出了咖啡的苦涩而已。

我喜欢在书房里喝咖啡。端着轻雾缭绕的杯子，在书架前踱着，除了流连自己爱看的书，也偶尔翻翻孩子的《卖火柴的小女孩》《阁楼上的光》，摸摸根据《海的女儿》制作的"小美人鱼"铜像，不管这些故事里的主人公生活得好不好，到了书房里都变得非常温暖。

　　啊，现在说的，已经是三年前的咖啡了，是那次友情的余香。好像所有的事情都是这样，一旦成为过去，就变得温馨与美好了。这是夕阳心态吗？不知道。但是坚信一切都会成为过去，一切都会美好起来，这不需要做什么努力，是可以静坐而待的。

老歌儿

我戴着耳机,坐在书桌前用手机听歌。儿子从背后搂住我的脖子,说要和我聊聊天。我抚着他柔嫩的小脸,邀他和我一起听歌。

他接过耳机戴上,把我听了一半的歌声也接了过去。刚听了几句,他便笑着摇头,说:爸,你怎么总爱听这些老歌啊?——嗯?老吗?我赶紧接过耳脉,"待到理想化宏图,咱重摆美酒再相会……"《祝酒歌》,这歌怎么会老呢?唱这首歌的时候我上初三,刚从东北回到关内几个月,熬过一个昏暗的冬天,校园周围一片绿色耀眼,春天的麦苗迎风拔节。虽然刚刚稳定下来的日子还不顺畅,虽然我刚刚接触的英语还比同学少两年多的课程,但是年少的热情并不畏惧这些,天天唱着这首歌沿着田间小路走在家和学校之间,路边开满紫穗花,紫穗花上起起落落着成群的蜜蜂。那时奶奶年纪已经大了,听了我唱的歌,也不再愁苦,生活的信心也在春风里复苏,我告诉孩子。

可是屈指一算,的确已经过去三十多年了,歌儿是老了,可是那些日子就像刚刚过去呢。我冲孩子笑笑:别说歌儿老,歌儿只会变得经典，不会老的——是爸老了……孩子捋撸一下我的头发，说：我爸才不会老呢，是经典了。我们一起大笑。

还有好多爱听的歌，不敢让他听了，留着自己悄悄听吧，对他而言真的是老掉牙了，他喜欢听《小苹果》《甩葱歌》什么的。

那首《乌苏里船歌》，是上高中时我的好朋友教的。我们天天一起上课，一起吃饭，一起打开水，一起上街买咸菜，人家都说我们是双胞胎。后来他考研走了，如今在哪里呢？每当"阿朗赫赫尼哪，阿朗赫赫尼哪"悠扬而起，眼前就是他年轻时的面容。我们俩都穿四个口袋的蓝色中山装、黑色仿军用皮鞋。

那首《一剪梅》似乎总是和《大约在冬季》一起出现，也许它们的流行相隔好几年呢。"真情像草原广阔，层层风雨不能阻隔……"那时正上大学呢。校园西边是正在建设中的体育馆，空地上长满了荒草，中间一条行人踩出的小路，弯弯曲曲地连接着校园和长途汽车站。仿佛真的总是在冬天唱这首歌，走在那条小路上。走向车站时，心情是轻快的，放假了，我可以回家看妈妈；走向校园时是惆怅的，妈妈又要等半年才能看见她的小儿子。她站在寒风里送我的身影就一直在我眼前，花白的额发被风吹得一会儿左一会儿右。那时我渴望快点毕业，回家照顾妈妈。是谁在这首歌儿里开始了人生的第一场恋爱？

那首《小芳》大街小巷传唱时，我已经工作三年了。一个人来到这座依偎着大海的小城。妈妈刚刚去世不久……

孩子，这些歌儿可能曾被称作流行歌曲，可对我来说真的是经典，它们一首一首地从风中走过，记录着我一段一段的人生经历。所有人的生命都会打着一些歌儿的烙印，而这些老歌儿也就成了这个人生命的经典。你看啊，老人大多拒绝新歌，不是学不会，也不是保守倔强，是忘不了自己的过去啊。那些现在被老人拒绝的新歌，慢慢又成了另一代人的经典。

有歌声陪伴的人生可能和乐曲一样曲曲折折，不一定都快乐但总是美好的。歌儿对于某个人来说，是永远不会过时的，所以，别说歌儿老了。

·爱情花语·

捧着酒坛　低唱
那条长满狗尾草的小路
饶舌的蝉　还有
半个月亮在林梢
你在画面外彳亍
无法分享思念的　孤独

汽笛　惊不醒沉睡
痛饮　一个奢侈的梦
低垂的柳丝轻点水面
半圆的石桥
你的倒影

筑一个巢等你

那天我听到一首歌,就是小时候常听的《映山红》:

　　夜半三更哟　盼天明,
　　寒冬腊月哟　盼春风……

声音是那么柔婉,深情。缓缓地,眼前浮现出曾经在桌角上放过的一盆映山红。那不是什么名花,只因为我曾用竹箫吹过这支曲子,所以就喜欢了这种花,把它放在了桌角。吹这支曲子的时候正是冬天,单身宿舍里很冷,窗外的杨树上有一个喜鹊窝,空空地在寒风里摇晃。可是每当曲子流淌到"岭上开遍哟,映山红"的时候,我的眼前就出现了一片开满映山红的山坡。山坡上不常有人来,各种野草长得很率性,几棵柳树冒出了嫩黄的新芽。柔和的春风吹拂着,你就在微风中带着淡淡的花香飘然而过……这支曲子温暖了我很久,让我在那间小屋里过了一个冬天又一个冬天。

我曾想,如果你真的来了,我请你坐哪儿呢?于是在一个冷得窗外树枝发出吱嘎吱嘎响的晚上，我决定筑一个巢等你，不用橄榄枝，也不用牡丹花瓣，我想用春柳的柔条和松树枯黄的针叶，筑一个像窗外喜鹊窝一样的巢，让你在里面闻着柳的苦涩和松的芬芳，和我一起唱那首柔婉的歌儿。如果你不嫌简陋，你会来的，我想。于是我很用心地吹响竹箫，让我的眼前开满了红艳艳的映山红。那个冬天，我就是靠这支曲子熬过来的。

推开封闭了一个冬天的窗子，窗台上的残雪还没有完全融化，可是已经有一对喜鹊在那个巢里喳喳喳地叫了。它们一会儿飞出去衔一根树枝，一会儿待在巢里交谈，一个温暖的家就这样筑成了。抬头看看不远处的山坡，依然一片灰黄，映山红还没有开，也没有你的影子。

没有你的影子，不论什么季节，都是冬季。于是我又守着那只喜鹊窝度过了一年。"夜半三更哟，盼天明，寒冬腊月哟，盼春风……"我没有让歌声停下来，我希望你在一个不可知的地方一定能够听到这支曲子——这曲子多美呀，且不说电影里农民们对红色五角星的期盼吧，单是一位母亲临终时对儿子柔声的叮嘱，就已经让人怀念不尽了。你不可能听不到这样柔婉而有些凄凉的歌声，不可能不循着歌声走到我的窗外，不可能看不到窗外那棵杨树上落满了雪的鸟窝，不可能让一个期待安宁的人失去筑一个巢的信心。

窗外的鞭炮炸得满地红纸屑，家家都在忙着过年了。我不知道那对喜鹊去了哪里———到冬天它们就不在这里住了，想是找到了更加温暖的地方。我的冰箱里冰冻着水饺和汤圆，可是怎么煮呢，一个人？怎么吃呢，一个人？我想你一定走遍了千家万户，给所有的人送去满满当当的祝福，可是你却遗漏了我，一个住在空鸟巢边上的人，一个不知应该去海边还是去山坡的人。

然而，你没来。春天我来到那片开满映山红的山坡上，也没找到你的影子，连梦里闻到的芳香也被野花的芳香冲散了。可能就是在那块望海猴儿一样的石头边上吧，我下定了一个决心：不再等你，我要出走！离开那个空了一冬、马上就要有小喜鹊叫声的鸟窝。就在那一刻，我朦朦胧胧地望到了你的背影，瘦瘦的，穿一件白色风衣，向大海方向飘去。

我要筑一个巢等你，把巢筑在山顶最高的一棵树梢上，把你的名字安放在巢里，留下一个待孵的希望。于是我带上长箫远行，一路吹着那首老歌：

夜半三更哟　盼天明，
寒冬腊月哟　盼春风……

寻找一个额头

人与人之间最远的距离在哪里？不是时间，不是空间，不是心理，而是两个额头。如果不能欣赏彼此的额头，即使天天两个额头碰在一起，也永远咫尺天涯；如果彼此欣赏着对方的额头，即使天涯海角、古今千年也会息息相通。古人说"海内存知己，天涯若比邻"，今人说"不管双腿如何努力，也拉不近两颗心的距离"。

谁能想到，人生千万次回眸，只为寻找一颗属于自己的额头；谁能料到，一次次东西南北风吹起的发际下，是一个什么样的额头？谁能记清，为寻找最近的额头要有多少次行走？及至读了曹文轩的《前方》，才知道为什么"人有克制不住的离家的欲望"，才懂得总想达到目的地而总是达不到、"即便是还了家，依然还在无家的感觉之中"这个人生悲剧的根源在哪里——人的一生，总需要一个可以与自己对话的额头。

上帝是个彻头彻尾的好事者，他在每一个额头上覆盖了浓密的头发，让你找得千辛万苦而又乐此不疲，从垂髫到黄发，一路问过去：你是我要找的额头吗？谁能经受得住多少白眼青眼，谁能经受得住几回沧海桑田，所有人的额头都在变，从日出东隅到晚霞满天。汗水把期待的额头冲出道道沟壑，泪水把眼角蚀出条条花纹，没有人愿意放弃，似乎撒旦施了咒语：不找到那个额头，今生永无安宁！

带着咒语上路吧，唱一支歌给自己加油：

> 因为在一千年以后
> 世界早已没有我
> 无法深情挽着你的手
> 亲吻着你额头……

那是一个什么样的额头呢？你在心里一遍又一遍地想象着，你不喜欢老鼠一样的三角形，也不喜欢抓不到边际的浑圆，方形的执拗，梯形的多变……你似乎要放弃了，因为你在想象的过程中发现，世上不是没有可爱的额头，而是你不知道喜欢的额头究竟什么样。

微风吹拂着，一朵朵纤弱的白花在空气中飘荡，那是白了头的蒹葭。目光跟随着那不知何处落脚的种子飘向蓝天，飘过遥远的山岭和季节，然后停留在月光朗照的溪畔。一个身影在溪水里浣洗轻纱，在月色里浣洗自己，那宽阔的天庭反射着月亮的光泽，明净、豁达、宁静、安详，你觉得你的目光可以在那片白玉一般的额头自由驰骋，你的语言可以在那片睿智的土壤里生根发芽，你的思绪便随着额边黑发的晃动而时明时暗……

撒旦的话是真的。你喃喃自语，静静地站在远处凝望——你不能走近，你担心走动带起的风会把这个影子像蒹葭的花一样吹走；你也不敢走近，珍惜让人变得怯懦。时间像溪水一样潺潺流去，白雾浮起在天地之间，远山虚幻得像海岛一样，近树朦胧得如看月桂，只有那柔和的影子在你的心里轻轻摇曳,只有那额头像一方冰做的镜子闪着淡淡的光,把你的一生映照得清清楚楚。

没有人愿意醒来,不管是在梦里,还是在天国。

不能随便说的那句话

下笔之前我必须声明一点：俺可不是那种老虎屁股摸不得的人，提起这个话题，主要是想代表男士说说男人家的事情，顺便和有关女士知会一声——其实你们不懂俺们的心！

这话要扯远点说，以防就事论事之嫌。最近在网上看到几位文笔了得的女士在谈论自己的先生：有的说先生不肯上进，天天混日子；有的说先生不管家务和孩子，自己像个孩子那么贪玩；有的说先生结婚以后不再像以前那样对自己百依百顺，脾气渐长；有的说现在再也听不到那句"我爱你"了，觉得先生不再像以前那么宠着自己……总之，男人在婚前与婚后判若两人！其实女士们说什么，男士都会从正面去理解，就是他的妻子在乎他。——怎么样，心胸还够开阔吧？

但是俺觉得女士这种心态也挺危险的，一个女子感受不到丈夫的爱，这本身就是一件很可悲的事，如果再因此而影响了夫妻感情甚至家庭稳定，那就更加可怕了。是不是？所以俺想从众多说法中抽出一句，讨论一下男人的情感世界。抽出的这句话就是

"我爱你"。

在一个情感正常的男人心中，这句话是挺神圣的，有时还带点神秘色彩，因此它不能时时挂在嘴边，只有在情感达到某个高度的时候，才会采用直接抒情的方法，脱口而出，比如你的某个举动感动了他，你的某次遭遇让他感到心疼了，你表达的感情让他产生共鸣了，他就会很自然地告诉你：我爱你！试想，在任何场合都爱把这句话挂在嘴边的男人，你是不是会觉得他很轻浮？总是很随意就说出这句话的男人，你不怕对别的女性也轻易说出来吗？我觉得女士们对不肯轻易说这句话的丈夫应该更多一些放心和珍惜——他可是只对你一个人说过这样的话啊！

不说这句话，并不代表丈夫不在乎你。这句话在男人的口中还有很多变种：当你离开他的身边，他在电话里告诉你很想家，你感觉不到他对你的依恋吗？想你什么呢？想你和他在一起时对他的种种好，想你的好还不是告诉你他爱你吗？当你下班回来，或者做完了一堆家务，他说累坏了吧，你感觉不到他对你的怜惜吗？为什么同事没说你累坏了呢？当你受了委屈，他会对给你委屈的人骂一句混蛋或者他妈的，你真的就觉得他变粗鲁了吗？骂别人正是心疼眼前人，不是吗？有的时候你和他争论某个是非，他甚至会说你这个人真是不可理喻，他会这样直截了当地和外人说吗？不可理喻怎么办？不是还有感情嘛。你回一句"你才不可理喻"和回一句"我就不可理喻"，那在丈夫心里引起的效果是截然不同的，区别就是能不能正确地把握丈夫的心态。还有一个更隐秘的变种，就是他帮你做一点点小事情，接一下你买回来的菜，把你肩头的一根落发拿下来，夸奖几句你的厨艺或者你和他的爱情结晶，甚至无缘无故地给你的父母打一个电话，都是在传递着那句不曾说出来的话：我爱你！

随着在一起生活时间的增加，男人会把这句话藏得更深，因为他对你的爱已经不再是那种疾风暴雨式的倾诉，更多的是那种细水长流式的疼爱,你在他眼里不再是一般的异性,而是亲人。对亲人的爱靠的是一种默契,怎么可能还需要语言来帮忙呢。想想,你对父母兄弟姐妹孩子会经常说"我爱你"吗?在外面受了委屈找你说,向你抱怨、发脾气,那是因为你是他可以分担忧愁的爱人;事业小有成就,在你面前畅谈蓝图甚至吹吹大牛,那是因为你是可以和他分享快乐的爱人;喝醉了酒不在外面撒酒疯,却跑回你的身边大呕大吐,那是因为你是他可以依赖的爱人;生点小病在你面前虚张声势,那是因为你是最疼他的爱人;狂放不羁、高声大气,那是你能包容他的爱人……生活中的点点滴滴,何处不是爱你的那份心思?凡是在外人面前不做而在你面前肆无忌惮的事情,差不多都是因为你不是外人而是内人,都是在告诉你:我在你面前很放松——我爱你!

我爱你,真的是男人最肯不轻易说出口的一句话,妻子应该用心去体会。怎么样,我这篇说词能成立吗?那还犹豫什么呢,还不赶紧对你的先生喊一句"老公",让他莫名其妙地感动一下!呵呵!

乡村爱情语言

在乡村,很难听到"我爱你"三个字。也许有人说,毕竟现在不是只有锅碗瓢盆和泥土的时代,即便没有走出乡村的人,也可以通过书籍和影视学会这三个字,然而依然稀少。当城里人喜欢用夸张的表情大声喧哗:哇,帅呆了!乡村人还是习惯于沉静地笑笑,说:好,好好!乡村的爱情,大多数情况下是部默片,青年男女悄悄地对视一下,就有无限的心绪融解在那并不机智的目光里了。远离乡村很久了,那里相爱的男孩子和女孩子至少应该学会牵着手走路了吧?他们的长辈已经是我们这代人了,我想,像我们这种年龄的长辈,对孩子们的感情表达方式应该是相对宽容的。

乡村的爱情语言是含蓄的,但不妨碍乡村也有爱情。少年的记忆中没有人说起过谁爱谁,但记得有一位从小没有妈妈的大姐姐,不知怎么喝多了酒,大声哭喊一位大哥哥的名字,那时我们太小了,觉得好玩,不知她的哭喊就是一种爱的表达。可惜那时的大人们不能接纳这种表达,摇头叹息着,小声谈论着,作为一种说笑传了很久。那位大姐没有得到自己的爱情,后来嫁到了很远的异乡。那时,我们还很小，什么都不懂。

　　乡村应该是有爱情的，毕竟爱是人之常情，但过去的乡村爱情常常被说成男女关系。于是爱情噤声，爱情只能关在家门里面。有时我在想，莫非爱情不是人与人心灵相吸，而是一种观念的产物？比如说先辈先成家后培养感情的婚姻方式，是否演化成后来恋爱中的距离之美？"当家的""做饭的"这些功利化的夫妻间的称谓，是否决定着今天夫妻之间的分工？面对乡村爱情的呈现方式，我感觉到更多的是亲情，或者是一种家庭成员之间的合作关系、角色的需要关系——没有男人和没有女人的家，在乡村都不能称之为家，这或许正是乡村夫妻关系相对稳定的原因吧。

　　如果仔细去品味，乡村爱情也是有表达的语言的。乡村爱情的表达语言很特别：如果一个女孩子纳了花鞋垫送给没有血缘关系的男子，那肯定表达了一种特别的情感。想想这种表达方式真的很细密，一份爱慕要通过千针万线来连缀，在这些针线穿引、色彩搭配过程中，女孩子要想多少事情啊！相见，结婚，劳动，生子……生活中的每一个细节可能都细细地盘算过了，经过细细推敲的感情往往比较坚实。结婚以后呢？丈夫外出或者归来，做妻子的最好的送别和迎接方式是做一餐好吃的。目前从影视上流传进来的一句话是"要想抓住丈夫的心，必须先抓住丈夫的胃"，这话或许有些科学道理，但这和乡村爱情的语言是两码事，乡村爱情中妻子把平时舍不得吃的东西做给丈夫吃，那时丈夫在她眼里是个孩子，需要她精心呵护。

　　女人之间也有表达自己爱情的语言，那就是抱怨，说自己的丈夫这里不好那里不好，外人一听这两个人简直不能过到一起了，但事实上恰恰相反——爱丈夫的女人怎么能让别人说自己的丈夫不好呢？丈夫的不好只能自己来说！

　　但是我却不知道乡村的丈夫是如何表达对妻子的爱的，男人表达得多了，会让别人瞧不起，沉默或许是最深刻的表达吧，乡村的男人特别偏爱沉默。前几天和几个同事一起完成一项临时性工作，女人们总爱互相夸奖对方，衣服漂亮啦，发型时尚啦，气色年轻啦……什么都可以说。有位同事说我：嗨，你怎么不会夸夸我们？我说：觉得漂亮，我会默默地看一眼，记在心里。大家都笑，说这很别致。我想我的心态和乡村人表达感情的含蓄是有一定渊源的。

在乡村，如果表达感情用的不是这些约定俗成的语言，就会遭到群体的谈说，说你轻浮，说你得瑟，说你不正经……而谈说是一种很可怕的力量，它可以让爱情或者仅仅是友情变得面目全非。

可惜我在乡村生活的时间太短了，没有观察过乡村婚姻以外的爱情，这种感情我想一定是有的，尽管人们对此很不齿，但是感情的发展岂是理智可以完全约束得了的？小时候经常听到成年男女之间粗俗的玩笑，当然仅限于已婚男女，谁要找人家姑娘开这种玩笑那无异于找死。那些粗俗的玩笑传递的是什么？除了表示彼此之间关系融洽，是不是也会夹杂着一些爱慕的成分？甚或还有一点非分之想或者遗憾？我想应该会有的，因为城里人之间一些荤素杂陈的玩笑中也包含着复杂的感情成分。

小时候看过男女游街的场面，脸上被人抹了灰，脖子上挂着一双破鞋，男的敲着锣，女的在后面低头跟着。不用谁来解说，那双破鞋就是男女婚外关系的标志。当时觉得这种场景非常好玩，一群孩子跟着起哄，大人们似乎对此并不感兴趣，看一眼就默默走开了。今天想想觉得游街的人挺辛酸的——是什么，阻碍着他们爱情的正常发展，最终变成了畸形？法律、道德、风俗、舆论……？感情往往是最没有是非可言的，而人们总喜欢判断一种感情对或者不对，必待若干年过去以后人们才会给一段爱情重新定位，像司马相如和卓文君、梁山伯与祝英台、许仙跟白娘子……然而乡村的文化是那样的稀薄，人们很难从历史的、人性的角度去衡量一份感情，倒是对那些扼杀了自己真实感情的人津津乐道。

　　乡村的爱情语言是含蓄的、缓慢的、含糊的，也是不完整的，甚至经常是不人性的，但是，这种语言体系维系着家庭、家族、村庄和更大范围的人际关系。但愿现代的、直白的、简单化的爱情表达方式不要过分地冲击这套语言体系，让乡村的爱情保留一份质朴、朦胧、羞涩的美。

当爱情变成了亲情

"上邪！我欲与君相知，长命无绝衰。山无陵，江水为竭，冬雷震震，夏雨雪，天地合，乃敢与君绝！"

"背靠着背坐在地毯上，听听音乐聊聊愿望……我能想到最浪漫的事，就是和你一起慢慢变老……"

一首汉代乐府民歌《上邪》和一曲当代歌曲《最浪漫的事》，可以说道尽了古往今来人们对永恒爱情的期盼，也足见爱情的甜蜜和珍贵。爱情是永恒的话题，然而爱情也是永恒的吗？据说美国一位社会学家通过对几千对夫妇的调查，运用社会学、心理学知识分析得出结论，爱情只有三十个月。其理由是，爱情是一种精神状态，由人的松果腺体分泌出液体让恋人相见时怦然心动，手心出汗，心跳过速。三十个月足以让两个人相识、恋爱、结婚，去过平淡的、波澜不惊的日子；如果不是这样，就可能分手或做一般朋友。还有一些科学家对人体中可以产生爱情的元素进行了量化分析，结论与此大致相同。

我从来就不大相信科学可以证明感情，但是对爱情是有一定长度的这个结论却不怀疑，因为我相信当九百九十九朵玫瑰的芳香散去之后，男人和女人都要去面对一个共同的现实，就是柴米油盐酱醋茶，然后是上老下小七大姑八大姨的各种义务和纷扰。如果这时还能和当初一样浑身发麻地说一句"我爱你"，那实在是太难得了。这个观点可能会让众多渴望着爱情、享受着爱情的少男少女感到沮丧，甚至还会招来他们愤怒的斥责。可是我必须重申，这是事实！如果我们没有勇气去面对这一事实，当爱情悄悄褪色，许多人可能会感到恐慌，感到悲观，有的人可能还会去再次寻找当初的那种感觉。这样给人们带来的伤害可能会更大。

我们经常听到一句话：没有爱情的婚姻是不道德的。于是就认为爱情应该贯穿婚姻的始终，而一旦感受不到爱情，就会以此为理由去破坏质量不错的婚姻。我把这句话修改一下，可能更符合爱情与婚姻的事实：没有以爱情为基础的婚姻是不道德的。你可能会列出好多个事例来证明爱情是永恒的，我不否认，因为那是特例，而我说的是一种普遍现象。当然，我真诚地祝愿天下的有情人都能成为那种特例，都能一生一世享受爱情的甜蜜。

有人可能会问：你说爱情会消失，可是大部分夫妻的生活也很恩爱、很美满，这怎么解释？其实这很简单，爱情会逐渐衰竭，但爱是不会衰竭的，相反，爱随着夫妻生活的不断延长会不断地加深，因此夫妻之间深情地说一句"我爱你"并不虚伪。但是我们必须明确，这里所说的"爱"，更多的成分是一种可以千年万年不衰的亲情——两个原本毫无血缘关系的人，生活到产生比血缘关系更为亲密的感情，是一件多么了不起的事情啊！有了这份亲情，就没有跨越不了的沟沟坎坎，就没有走不过去的凄风苦雨。

爱情和亲情的区别在哪里？爱情是建立在一种双方互相审美的愉悦基础上的，一个人面对自己看一眼都感到心烦的人，怎么可能产生爱情呢？而在现实生活中，别人无法忍受的鼾声可能成为夫妻感到心安的音乐，别人深恶痛绝的恶习可能是夫妻互相标识的特征。因此，当爱情失败以后，人们可以走出痛苦重新找到爱情，而当亲情形成以后，一方的离去就会产生无法弥补的空缺。正是这个原因，恋人之间经常出现一句非常令人感动的话：爱他的优点，就必须同时接受他的缺点；爱他的人，就必须接纳与他有关的一切。其实谁都知道，缺点不可爱，与他有关的一切往往是指那些让人不愿意接受的东西，怎么能和纯洁的爱情相提并论呢？这是恋人在潜意识中为把爱情向亲情转化作着心理上的准备啊，这样的恋人才可能成为你的终身伴侣。

亲情是一切美好感情的归宿，爱情要转化为亲情，深厚的友情也会转化为一种亲情。有人说，当夫妻之间只有亲情而没有爱情就是一种感情上的背叛。我不赞成这个观点，如果夫妻之间由恋人变为爱人，由爱人而成为亲人，产生了父母、兄妹、子女之间的那种永远割舍不下的情感，你能说双方是不幸福的吗？如果亲情是对爱情的背叛，那么是不是"娶了媳妇忘了娘"就是合理而且必须做到的事情呢？

如果你现在正在感受着爱情的幸福，请好好珍惜，因为爱情是有长度的，所以更显得宝贵，我们要尽可能地延长爱情的生命；如果你觉得你的爱情正在悄悄远去，请不要惊慌，把握好方向，让她酝酿成更为成熟的亲情吧，这样，你的一生都将是幸福的，即使你已鸡皮鹤发、你已步履蹒跚，你依然是爱人手心里的宝，你们的亲情就是一路上的点点滴滴，就是你们热情似火时渴望的那个最浪漫的故事！

·世情掠影·

岁月迷蒙着一切的界线
一切争议的界线
历史和传说,现实和幻想
天和水,诗人和政客
静静地,静静地
融化在时光的雾里

静静的心湖啊
我的倒影不会走
我让他,一直静静地
站在一棵柳下

温暖的石头

那些从异乡嫁到小村来的女人，以及她们发生在小村里的故事，如果没有文字去承载，很快就会随着人物的离去而消失，只留下短暂的喜悦、满把的辛酸和破碎的残片。或许她们的子孙会在清明年关上坟时，作为趣事讲给后代听，或许她们的子孙心拙嘴笨，连趣谈也没传下去，就这样不了了之了。

这样悲观的揣想并非无端。

1

今年暑假刚刚结束不久，老家打电话过来，说我大伯的儿媳我的大嫂去世了，让我回去吊唁。

怎么会呢？虽然是老大嫂，但应该还没到去世的年龄吧？低头一算，我那大侄子已经六十多岁了，嫂子已是八十多岁的老人了，只因为是平辈，竟然忽略了她实际划过的年轮。

悲伤并不很重——父母去世前是不敢面对死亡这个话题的，然而，现在已经见惯了。没有想象中的那么悲伤，只是满心淤积许多感慨。

路边遇到家族的一位大哥，以前我们都叫他"老懒哥"，我只是觉得有些面熟，却一点也想不起来在哪儿见过了。老懒哥想打招呼，可能看到我的眼神儿很陌生，也就笑笑作罢。乡村人对在外工作的人大多如此，你热情，他比你还热情，你要是"眼大"不理人，人家也不会理你。虽然这样做未必尽合情理，但是那里的人就是这样，而且我也赞成这样的态度，说得上档次点，不卑不亢吧。

老懒哥掏出烟斗抽烟，那烟嘴却是我认识的。我瞪大眼睛问：你，老懒哥？老懒哥这才笑笑说：认不得了吧？老喽——是啊，我记得他相当高大的，怎么现在才刚刚到我肩膀呢？那时候你还小啊，老懒哥说。这是一句原谅我没有认出他的话，我能听懂。

于是几个人站到一片树荫下，讲起刚刚去世的大嫂。

大伯家"成分不好"，至于怎么不好、为什么不好，我也不明所以，总之不好，每有运动总要受到冲击，轻则挨批，重则挨打。我这位大嫂娘家是个大家族，受不得这气，跟谁都死剋，越剋就越受人家的气。也许是跟外面人剋成了习惯，回家跟我大娘也剋，婆媳关系一度非常糟糕。那是个厉害茬子，大家都这么说，于是我们从小就躲着她。环境就是这样塑造了她的形象，形象又渐渐融入了她的性格。

可是到我们懂事以后，却发现她对我大娘特别好。我大娘得了一种什么毛病，怎么也治不好。大嫂到处打听偏方，最后竟找到了。把烧草的铁锅翻过来，铲下锅底的铁锈，磨成粉，用筛箩筛出细粉，加什么东西吃，吃完便好了。过一段时间又犯了，自家的锅底不够用，她就挨家挨户去铲人家的锅底。那些一直远离她的大娘婶子、嫂子弟媳悄悄地咬耳朵：人真是奇怪啊，怎么一下就变成一个孝顺媳妇了呢？

随着年龄增加，内心的变化肯定是有的。但是我以为她本不是坏女人，随着文革结束、包产到户、土地承包，政治空气不再袭击她的家庭，经济一年一年好转，她的心理压力小了，心气自然顺畅，原本的善意也就显现出来。乡村里的人心理比较粗糙，他们只看人的行为，至于你面对什么样的处境、心里想些什么，那是你自己的事儿。

至于我十几岁离家读书以后，我这位老嫂子和邻里相处得如何，便不得而知了。从她去世时那么多人赶来烧纸吊唁来看，她的晚年应该是比较平和的。"死者为大"，乡村人认这个理儿，只要还过得去，人死后一般就不再计较了。——乡村，有着很强的自净能力，落叶枯草、动物的粪便尸体，都会使土壤更加肥沃，再去生长新的花草和庄稼。

2

在去我哥家的路上，遇到了本家的另一位嫂子，我叫她二嫂。人长得很富态，口音很侉，不知娘家是哪里的，想必离我们小村不近。

她是我远房二伯父家的儿媳妇。二嫂的丈夫是个工人，家里的生活一直比较优裕，二嫂性情也显得温和。

二大娘去世早，二伯父跟小儿子一起生活。早年冬天比现在冷多了，二嫂家有煤炉子，她每天晚上都要送热水给公公暖被，用的是铝质的军用水壶。

据说，有一次二嫂把军用水壶放在炉边烤着，自己忙活别的事情忙忘了。不知过了多久，只听砰的一声炸响，满屋一下子充满了热气。等家里人都跑来，才发现是壶里的水烧沸了，把木塞顶飞，开水溅得到处都是。好在没有人在附近，要不非烫伤不可。

二嫂吓坏了，说要是不小心把木塞弄掉了，把老人烫伤了就罪过了，要想其他办法。

谁也没想到二嫂会想出这样的办法来。她把一块大卵石放到水里煮，热透了，再用毛巾包起来，送去给我二伯父暖被。这事儿后来被大家知道了，赢得一片啧啧声。我听母亲给我讲过"二十四孝"的故事，但是并不是所有乡村人都知道这些掌故，他们对子女进行教育用的大多是身边的人和事，喜欢好坏对比着说。二嫂煮石头的故事很快就成了典型，婆婆们在赞叹中教育媳妇，媳妇们也在心里用以自励。只不知那块卵石在二伯父去世后丢到哪里去了，倒可以作为乡村文化的纪念。

我跟二嫂打招呼，二嫂笑着说：这么多年不见，还能认出二嫂来？二嫂已是老二嫂子了，她的二儿子和我同龄。我说：怎会认不出？二嫂是块热的石头啊。大家都笑，看来二嫂的故事在年轻人中也还流传着。

小小的村庄，从它产生那天起，有多少媳妇娶进来，又有多少姑娘嫁出去？我想一定没有人进行过这样的统计，然而这不影响生活画卷的匀速展开——这些离开自己父母、兄弟姐妹的女子像春风里的蒲公英，飘到这片土地上，就在这里落脚扎根了。她们笑着、哭着、期待着、挣扎着，咀嚼着各自的生活慢慢老去，最终融入那片芦花镶边儿的泥土。

这个村庄也有走出去的男人，但是他们的根并不带走，也就是说不论他们走到哪里，村庄依然是他们的根。而这些女子呢？她们和男人不同，她们不可以叶在一处、根在一处，来了就扎根，喝着村边小河里的水，长叶、开花、结果，此生此世就是这里的人了。能够把根拔出来，再植入另一片土壤，这才活得枝繁叶茂，不能不说女性的生存态度更加融通、坚忍。

乡村的媳妇和城里的媳妇也不相同，她们的娘家、婆家泾渭分明，不可能像城里女性那样或此或彼、亦此亦彼，抑或非此非彼。农村的媳妇生活方式不能处于游离状态，她们必须和婆家人、和村庄人一辈子生活在同一片土地上，至少我们这一代还是如此。城里的媳妇可以像水一样进退自如地生活，而乡村的媳妇则必须像山一样稳固地矗立在那里，风霜雨雪，不能退缩。

这就是那个小村庄的女人们，其中有我的祖母们、母亲们、嫂子们，还有我的晚辈们，她们构成了小村的母性系列，维持着小村的生息。我没有办法一个一个把我熟悉的女性勾勒出来，只选了两位作为代表，勉强让我们感受到乡村女性情感的温度和生命的硬度。

轻轻屈膝的涵养

参加朋友的、朋友孩子们的婚礼已经不知有多少次了,还主持过两次婚礼,那些套路已经烂熟,所以常常低着头听,不愿意看一对新人被主持人指挥得团团转,做一些肉麻的动作,也不喜欢听家长发表一些交际腔调十足的讲话。

然而,今天参加的这场婚礼,却让我一直处于感动中,泪水几次悄悄地溢出眼眶。

姑娘的父母都是我的好朋友,我是看着孩子从小长大的。这是个优秀的孩子,大学毕业后到北京读研,然后又考到美国读博。多年不见,不光学识了得,人也出落成了风姿绰约的大姑娘。

婚礼开始了。父亲给女儿戴上面纱时,女儿轻轻地弯曲了一下双膝。或许是觉得父亲已经不够高大,低一下身给父亲一些方便?

新郎单膝跪地求婚是婚礼中我最不愿意看的一幕,觉得实在太假,两人已经相爱相许,何苦还要当众走这样的形式?更可怕的是,几乎所有新娘都只把新郎手里的花接过来,却把人晾在一边,机械地等着主持人的指令。而今天这位新娘却紧紧握住新郎的双手,把他扶起来。这才是对待自己的爱人啊，不管是在私人空间，还是在大庭广众之下，对方都在自己的心里。——在爱面前，那些烦琐的仪式算什么呢，真情流露才感人至深。曾经在另一场婚礼上，看到新郎每一次转身，都小心地帮着新娘托一下婚纱，觉得小伙子特靠心。

新郎为新娘揭下面纱时，新娘又是自然地轻轻屈膝。这一次我明白了，那绝不是给对方提供方便，因为新郎高大英俊，完全不需要帮忙。那轻轻的屈膝，是在答谢对方啊。或许新娘自己并未意识到自己这个细小的动作，因为这样的动作已成习惯，成了人的涵养。

三个小小的动作，使整个婚礼充满了温情，新人及家人不是在机械地走过场，不是在做给别人看、说给别人听，而是在这场盛典中表达着真实的爱情和亲情，每个人都是血肉存在，而不是礼仪的道具、生活的道具。因而，当一对新人长长的拥吻到来时，我们这些做长辈的没有像以往那样低下头感到尴尬，而是用热烈的掌声送去真挚的祝福。

那天在一家面馆吃饭，出来时正好一对夫妻也出门。我和那位女士同时把门推开，我又后退半步让她先行，三个人都笑了，出了门以后那位先生还转身点头致意。生活中好多事情就是这样，当你用心尊重别人时，常常赢得别人更真诚的尊重。

看多了冷漠，看多了争执，看多了粗俗，看多了趾高气扬，在婚礼上看到这些雅致的细节感觉特别温馨。我想这样的一对新人根本不需要口头上的祝福，他们未来的家庭一定会恩爱、美满，每一个生活细节都将成为彼此美好的记忆。

轿车里的面饼香

那天天气很不好,刮着风,下着冰冷的雨。中午接到通知,下午要到局里开个会。其实单位和局里的距离不是太远,公交、的士多得是,但是天气不好,就不想去等车。拿起电话和隔壁老兄联系一下,因为知道他也要到局里开会,想让他走的时候告诉我一声,搭他的车一起去,顺便还可以聊聊天。

老兄电话里说好的,我一会儿去接你。我说你不在单位?老兄笑笑说有点小事,还在外面呢。我边做着手头上的事边等,时间快到的时候又到传达室等。可是已经到了开会的时间,老兄的车子还是没来。有点着急,但还是决定继续等他,因为他是一个很守时的人,没有特殊情况从来不迟到。

雨很大,也很冷。

老兄终于开着车出现了,看出来很着急,车子停到我边上时溅起很大的水。这不符合他的性格,他开车一向很稳,而且特别在意乘车人的感受。上了车问老兄,身体不舒服吗?老兄身体一直不太好,肠胃有些小毛病。老兄说没有,赶着给老爷子烙了几个白面饼——老爷子说突然想吃我妈在世时烙的饼子，我就发了点面，又到外面去找点食用碱，怕发过了不好吃，就赶紧做了几块饼，准备给老爷子送过去。老爷子是位部队退休的老首长，八十多岁了，身体有些问题。老兄说老爷子最近感觉有些疼了，说的时候语气平静，但神色黯然。

听了老兄的叙述，心里涌起一阵酸涩。我能推测出老人家的身体状况，同时也联想起我的母亲生病晚期的一些苦难。记得当时费了很多事弄了点杜冷丁，以防她疼得不行时注射一点。可是真到她疼的时候，一家人没有一个人下得去手，只好由我用汤匙喂一点下去……医生叮嘱不要让病人产生药物依赖，事实上母亲还来不及产生依赖，就走了。没有人知道我第一次给母亲喂那种药时的心理感受，一直以来我也害怕回忆这些……那种药，就意味着放弃，就意味着我们再也没有别的办法了。

我知道老兄是把饼子带在车上的，车厢里有一缕淡淡的面饼的香味儿。妈妈在世的时候也经常烙这种饼子给我们吃，那味道很熟悉。车窗外在刮着很大的风，冰冷的雨滴斜打在路边的树木和行人的身上。

老兄说，我不会做饭，只是小时候吃过妈妈做的饼子，想象着做……但是有的做得不好，着急，可能没做熟。我想老人家可能也未必就是想吃这种饼子，他说的时候心里一定是在想念去世多年的妻子了；老人家更不会介意孩子做饼的手艺怎么样，有了这份心意就什么都有了。

前几天一位老哥的老父亲突然去世，我们去看他。虽然他看上去很平静，但心里的那份失落还是在言语之间表现得很明显的。他说，刚说要到我家来住几天，突然就走了……还问我，你的父母都健在吧？语气里充满了羡慕。我告诉他，我十四岁的时候父亲去世了，二十六岁的时候母亲也去世了。他拍拍我的肩说，那你真是太不容易了。我们也都是中年人了，说这样的话，足见老哥当时心里的苦痛。但是他没有哭。

很多人对当今老人的丧事上没有人哭感到非常气愤，说都生了一些不肖子孙，老人走了连一点哭声都没有。起初我也是这样观点，时间久了就不这样想了——不哭不代表不痛，痛了，哭又有什么用呢？有些泪水是流给别人看的，而有些泪水只能流淌给自己去品味。稍有知识的人对生老病死的自然规律都了如指掌，知道这是不可违背的，但是理解和舍得之间并不是画等号的，谁又能知道看似淡然的背后的心情呢？

车窗外飘着冷冰冰的春雨，车厢里弥漫着刚出锅的面饼的香甜。

唢呐声声

小区里又有老人去世了。唢呐声从早晨五点多一直响到晚上十点，间或有电子音乐穿插，很大的音箱让整个小区笼罩在时喜时悲的乐曲中。

我不喜欢唢呐声，虽然它在民乐中表现力比较强。

小时候在东北看大秧歌，唢呐几乎要把那欢乐的元宵气氛吹到了冰蓝的天上，零下二三十度的气温，地上是被踩得溜光的厚厚的积雪，被月光、灯光照得亮闪闪的，可那些大姑娘、小伙子个个跳得头上冒热气。还有一种扁担戏，小木偶在一个小台子上表演，动作、语言、情节几乎都是用唢呐指挥和表现的，特别是人物语言，"哎，老虎让我打死了，老虎让我打死了"，似真非真，非真而似，仿佛漫画一样把人物的性别、性格、情绪表现得淋漓尽致。后来才知道，那是用碗在唢呐口上控制声音而形成的效果，技法叫"盖碗儿"。那时候还不知道那叫唢呐，俗称"小喇叭"；那时候还是喜欢小喇叭的，因为"文革"刚刚结束，人们通过它尽情地宣泄着艺术和精神的解放。我的父母也健在，他们在"文革"中受过很大冲击。

后来，父亲去世了，我第一次听到唢呐是那样的凄厉，几乎要把人的心从腔子里掏出来，扔到冰河里。我不知道民间的哀乐为什么总是回环往复那么几句，仿佛一直在说"啊——回不去了，啊——回不去了……"是，回不去了，当时我十四岁，在送父亲前往墓地的途中，脑子里盘旋的就是这样一句话，"啊——回不去了，啊——回不去了……"我的少年时代就在这唢呐声中戛然而止。后来又遇到很多老人去世的情景，包括我的母亲去世，一听到那颤颤的唢呐声，心里就忍不住要流泪，不管是否与我有关系，仿佛都在宣布某种情感的终结。"啊——回不去了，啊——回不去了……"后来听到某些歌里有类似的语言，也会深深地触动我那根不能触碰的神经。孩子的外公说：以前我的老母亲在的时候，一听到唢呐声我就心慌，现在她走了，听了也就无所谓了。——真的无所谓了吗？为什么听到别人家的唢呐声要说这样的话呢？

上高中和大学的时候，"西北风"刮得正紧，黄土高坡上的唢呐不时在生活里响起，从《人生》里刘巧珍出嫁，到《红高粱》里的颠轿，再到《走西口》的背井离乡，那似喜似悲的唢呐声，让整个黄土高原显得那样空旷而沟壑纵横，才觉得人生其实是很寂寞的，寂寞得就像单调的、无人欣赏的唢呐声。唢呐声咿咿呀呀，眼前是一小队灰黑色的人，戴着洁白的羊肚儿毛巾，在大地黄色的褶皱里踽踽前行，没有草木，也看不见前面的村庄，偶尔有炊烟从山沟沟里漫上来，七八个人就这样越走越小，越走越小，小到看不见，唯有声声唢呐在天地间淡淡地萦绕——苍凉，无奈，但一代代就这样活着。

唢呐声停，夜静得只剩下空洞的黑暗，今夜没有月亮，天晴得好的晚上，没有月亮的夜会显得比阴天更黑，人间散发出来的那点光线早被高深莫测的虚空吸走了。所有看热闹的人瞬间散尽，或许老人的后代还沉浸在幽幽的回忆之中？陶渊明说过："亲戚或余悲，他人亦已歌。死去何所道，托体同山阿。"看老人的后代穿的孝服，大约已到第五代了，有一位哭得很悲的老人头发已经大半白了，听说是老人的二女儿，也已经七十岁了——人到多大年纪，也还是需要妈妈的，现在没有了，"啊——回不去了，啊——回不去了……"在这静静在夜里，心头驱不散的，就是这些唢呐声——我想，明天心里的唢呐声应该会渐渐淡去的。

小　脚

晚上看张爱玲的《红楼梦魇》，里面谈及"金陵十二钗"中只有尤二姐、尤三姐、晴雯等几人是小脚，其余皆为"天足"，感到好生奇怪，怎么那些大家闺秀竟会不是小脚呢？

小脚的来历我是知道的。相传，南唐李煜喜好歌舞，有一回，他让人专门为歌妓窅娘制造了一个巨大的莲花造型，并亲自用布带把她的脚缠起来，使她的尖足仿佛月牙在"莲花"上表演舞蹈。"纤长袖而屡舞，翩跹跹以裔裔"的舞姿令许多世俗女子羡慕不已，一时间窅娘缠足便为众多妇女争相效仿。此风传出宫廷，各家也令女儿双足以布帛紧缠。从此，这一陋习繁衍不止，女儿家每长至五六岁，即开始缠足。有多少女儿家自幼使饱受如此酷刑，终日以泪洗面。男人择偶，亦以足之大小为标准。如若女子之足大于三寸，便会遭受嘲笑，甚至找不到婆家。

这是一些史料。生活中的一些传说我也是知道的，因为母亲也是小脚，所以许多关于小脚的故事都是听母亲讲的。

母亲说，缠足是一件非常痛苦的事情，夜里经常痛得不能入睡。

有一个有钱人家的小姐，长得如花似玉，极得父母宠爱，生性便有些娇纵，不肯裹脚。十二三岁上定了亲，也是富贵人家。可是有一天，未来的公公到家里来，巴巴地送了一匹白绫来。父亲陪亲家喝酒，问及此事，公公说：听说孩子是一对天足，恐将来被人耻笑。小姑娘在里屋听到了，二话不说，拎了一把板斧出来，把一双脚垫在石磨上，用板斧将骨头砸碎，又把一匹白绫扯成几条，一双"金莲"就这样裹成了。听的时候感到毛骨悚然，天下竟有如此残忍的事情！但从母亲的脸上，可以分明地看到一种敬佩之情，不知是敬佩小姑娘凛冽的性格，还是敬佩她勇于面对自己的"缺陷"。

一个性格如此刚烈的女子竟然要屈从于流俗，想来不裹脚的痛苦要更甚于砸碎双脚吧。

母亲又说，隔壁婶子，脚缠了一半，忍受不了痛苦，夜里常偷偷把脚放开，所以脚缠得不够小。嫁过来以后，经常在夜里被丈夫打得哭嚎，听说丈夫打完还要把她的脚坐在身下。这简直是酷刑了！就这样，婶子还以为确是自己不好，第二天照样拐着双脚张罗一大家人的生活，一辈子对丈夫低眉顺眼，在同龄人面前也觉得抬不起头来。

漫说一个普通女子，就是朱元璋的发妻马氏，不也是因为一双天足而被世人称为"马大脚"吗？据传，朱元璋自小家境贫寒，年轻时与也是平民出身的马姑娘结了婚。这位马姑娘长着一双未经缠过的"天足"。朱元璋当了皇帝以后，仍念马氏辅佐有功，将她封为明朝的第一位皇后。但是龙恩虽重，而深居后宫的马氏却为脚大而深感不安，在人前从来不敢将脚伸出裙外。一天，马氏忽然游兴大发，乘坐大轿走上街头。有些大胆者悄悄瞧上两眼，正巧一阵大风将轿帘掀起一角，马氏搁在踏板上的两只大脚赫然入目。于是，一传十，十传百，顿时轰动了整个京城。从此，"露马脚"一词也随之流传于后世。

母亲说这样的事情实在太多了。这我相信，周围和母亲年龄相仿的妇女，不管娘家的背景如何，大多是小脚。可见，精神的压迫总是要比肉体的摧残更让人难以忍受的。

史载康熙大帝曾诏示加以废黜，自康熙三年始禁裹足，至七年又不得已而罢禁；太平天国时又禁裹足，直至辛亥革命号召废绝，均未绝尽。《红楼梦》写于清雍乾年间，可以推知满人是不缠足的。按理说，林、薛等人应该不是旗人，为什么也会是一双天足呢？我们知道，作者曹雪芹祖上曾入了满籍，属健锐营镶白旗，因而他笔下的官宦小姐至少应该也是汉人入满籍，自然是沿袭的满风。这从他写的一些生活中可以看得出来，比如满人出阁的姑娘一回娘家，娘家人便会高呼"姑奶奶回来了"，"姑奶奶"在家有绝对权威，所以王熙凤、贾探春等女性可以主持着贾府的内政，贾探春、薛宝钗、李纨三人暂时代理家政的时候，她们还干出了所谓"兴利除弊"的事。

且不去考证这些是与非吧。我想说的是，如果思想禁锢存在，即使不缠足，也依然会像孙悟空头上的金箍一样把人套得牢牢的。晴雯是小脚却有着反抗精神，宝钗、迎春等人是天足，思想却无一不符合封建礼教。

记得母亲经常抱怨自己是一双小脚，出不了远门，做不成大事，可是她给我的小侄女们洗脚时，常捏着她们的小脚丫说：看这脚丫子长的，多秀气！要是在过去，肯定能裹出一双好脚来。我想在她们那一代人的心目中，小脚固然有很多痛苦和不便，但潜意识里一定还是认为小脚才是美丽的吧。这就像我们知道某些行为规范是对人性的扼杀，但是在教育下一代的时候，仍要用这些东西来规范他们的行为一样。

让人心软的"吃"

我实在说不清自己为什么会产生这样一种心态：只要一有人和我说到"吃"的问题，我就会在心的最深处产生一种非常柔软的酸楚。

有一次和朋友在街上走着，几个乞丐围过来，有的说"可怜可怜吧"，有的说"帮帮忙吧"，有的说"行行好吧"……真是无奇不有。朋友可能是被骗过的，拖着我就走。说心里话我也没想施舍什么，因为这种现象实在让你感到无法招架。特别是看了小说《坏爸爸》之后，我更是对那些乞丐身后的眼睛深恶痛绝。可是，就在这个时候，我听到了一个声音：给点吃的吧！我的心一下就狠不起来了，立即向那个方向走过去——无论如何，不管出于什么目的，要点吃的总是让人心软的，怎么能连一口吃的都不愿意给呢？那不过是一个生命延续下去最基本的条件。

有一次儿子犯了错误，被我罚去面壁思过。这小东西倔得很，一直不肯认错。不知过了多久，他小声地说：爸爸，我想吃一个果冻，行吗？——怎么能不行！我似乎一下子被什么击中了，把他抱起来。小东西趴在我的肩上小声说：爸爸，我错了……他不说我也知道他认错了，也许他并不想吃什么，他只是想结束与爸爸的对峙，可是他选择了爸爸最柔软的地方突破，他向我要吃的，他让我知道我面对的是一个生命。

有一次和妻子闹别扭，她做好饭端上桌子，看我没有吃的意思，就带着孩子吃起来，泪水混着米粒，每一口吞咽都是那么艰难。我不知道该怎么开口，但是我明白她的意思：快来吃饭吧，不吃饭身体垮掉怎么办？……一种发自心底的怜惜瞬间传遍我的全身——有什么大不了的事呢？我这是在干吗，难道一点鸡毛蒜皮的事情，就可以放弃自己对家庭的责任吗？

妈妈病危的时候，我日夜守着她，不知道怎么做才能减轻她的痛苦。那是一个风雨交加的夜晚，妈妈用微弱的声音说：孩子，我想吃一点香蕉。这微弱的声音，对我们姐弟几个，无异于天下最好的消息、最有力的命令，大家立即从哀伤的气氛中走出来，用水温香蕉，准备妈妈还可能要吃的东西。可是妈妈没有再要吃什么，她的生命已经脆弱到只有这么一点点要求。妈妈走了，如果她好转过来，我一定要问问她，是不是她觉得自己的病给孩子们太大的悲哀，而故意用这种方式让我们觉得妈妈还有希望，给我们心灵以安慰？

我检索着我这个情结的来源，终于找到了那个渺茫的源头。

还在我很小的时候，妈妈经常给我讲一些关于节约的故事，其中就有很多是关于"吃"的内容：外祖父在三年自然灾害中饿死了，临终前的一句话是：有一口米汤，我还不会死……父亲为了让我的哥哥姐姐能多吃一口树皮或者稻糠，总是在吃饭时找一些事情来做，直到自己饿得浑身浮肿。还有啊，那些灾难压迫下的岁月，多少人为了一口吃的而丢掉了生命，多少人为了把生的希望留给他人而放弃了自己的生命！《苦菜花》《上甘岭》《卖花姑娘》……太多的故事围绕着"吃"展开，围绕着生存和如何生存展开。

有人说中国是一个"吃"的国度,说中国人永远处于口腔期,说五六十岁的儿女来到父母身边父母做的第一件事还是要找吃的给他们,中国人见面问候就是"吃了吗"……言语之中暗含着轻蔑。我要告诉这些人:你太不了解中国,千百年来,人们为了吃、为了生存历尽艰辛,这"吃"中怎么可能不深藏着对生命的关爱呢?只要有吃的,我们就能活下去,你能说这不是一种顽强吗?

今天,我们已经不再为吃而发愁,甚至有些人已经把吃当作一种炫耀,我们开始痛恨那种不分公私的吃,我们觉得一个人为了吃而活着是一种低俗。可是,探索了"吃"的背景,理解了"吃"的内涵,我还是觉得那是一种对生命的观照,是一种最温柔的感情,是一种让人心软的需求。

小鸟飞去

我家那只被同伴抛下一个多月的小鸟,今天终于飞走了。说不清心里是喜还是忧。

这次放飞,是因为天气越来越冷,最低温度已经接近零度,瞅着它一个人生活太孤苦。不知为什么,孤与冷,在我的印象里一直结伴而生,结伴而行,冷得不行的人必然觉得孤单,孤单的人也最容易感到寒冷。事实是否如此无法考量,心里就是这样的体验。

早上喂饱了食物和水,等到太阳升起来,我们就把鸟笼的小门打开,让它自由选择留下还是离开。可是一次次观察,它连鸟笼的小门都不看,安安稳稳地在笼子里跳来跳去,高兴了还要叫几声。但是那叫声明显和两只小鸟在一起时不同,没有长时间的对唱,也没有此起彼伏的轮唱。高兴或许有的,但是孤单如太阳下的影子,无法摆脱。

太阳渐渐暗下去,楼房和树的影子淡了却也拉长了。孩子说,小鸟不愿意离开,我们还是想办法给它造一个暖和点的窝吧。说着就想去关上鸟笼的小门。小鸟有些怕人,一下从小门跳了出去,站在阳台的栏杆上左看看右看看，似乎在打量生活了几个月的小巢。我们都静静地盯着它，希望它能自己回到笼子里，毕竟天色已晚，到哪里能找到比住惯的笼子里更安全的栖身之地呢？然而没有，它大叫一声，展开多日不用的翅膀，绿色的身影迅速远去。

我们都静静地盯着天空看。天空洁净如洗，连晚霞都没有。泰戈尔在《飞鸟集》里写道：

"鸟儿愿为一朵云。云儿愿为一只鸟。"

"在黄昏的微光里，有清晨的鸟儿来到了我的沉默的鸟巢里。"

据说"天空没有留下鸟的痕迹，但鸟已飞过"也是他的诗句，可是我翻遍了他的几个诗集都没找到。

傍晚，天空空着，鸟笼也空着。小鸟此去，是福是祸，都由它自己去纠结了，我们不用再去为它购买谷粒和矿泉水，也不必再为它担心下雨和刮风。只是空着的鸟笼了无生气，明天早晨也听不到它的鸣叫。

那天在楼梯口遇到以前的同事，问我：小乌龟怎么不吃东西了？我们家养的小乌龟已经长到碗口大了，对它的习性颇为了解，我说每年十月一它封口冬眠，五月一开口吃食。同事又说：去年我用加热棒给它加热，它正常吃东西的。我笑：你不怕把它困死？我们爱惜这些小动物，甚至对它们的生活习性研究得很透彻，但终究无法揣摩它们的心情，一切的忧喜都来自人的内心，与小动物本身并无关系。

我在日渐寒冷的夜晚牵挂着飞去的小鸟。小鸟是在庆幸自由的降临，还是在为自由付出代价，只因它跨越了我的铁丝网，我便一无所知了。几个月的相处，从此两茫茫。

离去的背影

放飞小鸟的时候，它们倏忽一下就不见了，把我们依恋的目光扔在窗口，盯着空荡荡的蓝天发愣。——为什么它们没有一点留恋呢？毕竟朝夕相处那么久。当时我就是这么想的。事后又想起李白的那首送别诗中的句子，"孤帆远影碧空尽，唯见长江天际流"……那种失落，好多天才平复。

今天终于又去把小乌龟放行了，那是多年就有的一个心愿。叫它小乌龟是习惯，其实长得比碗口还大，它在我家已经生活了将近十年，从杯盖那么大，一点一点长大的，经历过两次全面换甲。小的时候，它很顽皮，总是想从小桶里爬出来，见到人去喂食也是一惊一乍的，有一回钻到沙发下面，好多天才跑出来。后来熟悉了，闻到鲜肉的味道就开始不停地抓挠，恨不得一口全吞下去。长大了，它变得很安静，一声不响地待在那里，稳重地把肉捉进嘴巴，利用吞水的力度咽下去，然后又静静地趴着，似乎心事重重。应该是有心事的，那只小桶已经无法给它提供足够大游水或者爬行的空间。它很憋屈，每次给它喂食、洗澡或者换水，我都会这样想。今年，它的心事似乎更重了，很少吃东西，直至近期拒食，眼睛也不肯睁开。

动物年岁多了，真是有些灵性的。从家里把它拿上车，它还是一动不动，眼睛半睁不睁，等从车上拿下来往水库走，它一下变得十分活跃，眼睛明亮，四肢舞动。莫非它知道我们要把它送回大自然？

终究是舍不得的，给它拍了照片，放在水边用手捧水给它淋浴，让它适应一下水温，然后轻轻把它送进水里。我们担心它可能已经不会游泳了，可是，放进水里以后，它突然满身活力地向水底、向深处游去，只给我们留下一个越来越小、越来越模糊的背影。渐渐走远了，水面上可以看到它远去的一串细细的气泡。

和放飞小鸟时的心情很不一样。放飞小鸟时担心它能不能找到属于自己的天空，能不能在翱翔过后在大地上找到安全的落脚之处。而放行小乌龟，则能够确定这里是它的安身之所，它可以在这片水域得到安全的生存环境和充足的食物，站在岸边可以看到成群结队的小鱼在水里游荡。水库在一座山脚下，水深十余米，青山绿水、阳光充足，除了附近的人家会到水边洗衣服，没有任何污染。而且靠近去孩子外公家的路边，我们会经常从那里经过，很希望将来能有机会再见一次小乌龟，不过那时它怕是已经不知道我们是谁了。

小乌龟走了，找到了适合它生活的地方，心里欣慰缠绕着怅然，那些和它一起度过的时光悄悄从心底浮起，又一丝一缕地散去。走到水库高高的堤岸上，满眼是在秋风中摇曳的荻花。堤岸的外面就是人家，丝瓜顶着黄色的花朵垂挂在瓜架上，几丛粉红、嫩黄的菊花开在篱边，偶尔有几声鸡鸣狗叫从远处传来。这是一个城区边上的乡街，想热闹、想安静都很方便。回望对岸的青山，松树已经墨绿，板栗和其他树木也还没到枯黄的时光，在傍晚的阳光下，宁静而安详。天空很蓝很蓝。这里挺好，像是对已经远去的小乌龟说，又像是对自己说。

夜已经深了，不知道小乌龟第一个夜晚是如何度过的。一个晚上，我们都不提起它，却不时想起它离去时的背影。

放走小乌龟，顺便到孩子外公家看看，跟他说起小乌龟的事，他说这个小乌龟将来能长很大，那座水库从来没有人捕鱼，很安全。曾经想过把它交给一位信仰佛教的朋友送到一座寺庙附近的水库放生的，孩子当时舍不得。现在看来，我们的选择是正确的，只是让小乌龟多委屈了两三年。

不论是放飞小鸟，还是放行小乌龟，我们都不喜欢叫放生，因为从来没想过要伤害它们，只是想和它们一起生活一段时间，更没想过从这样的行为中获得什么果报。——当然，喜爱可能也会造成伤害，那么，抱歉。